ぶらり平蔵

決定版②魔刃疾る

吉岡道夫

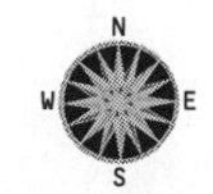

コスミック・時代文庫

本書は二〇〇九年九月に刊行された「ぶらり平蔵　魔刃疾る」を改訂した「決定版」です。

目次

「ぶらり平蔵」主な登場人物

神谷平蔵（かみやへいぞう）　旗本千三百石、神谷家の次男。医者にして鐘捲（かねまき）流免許皆伝の剣客。神田新石町弥左衛門店（やざえもんだな）で診療所を開いている。

神谷忠利（ただとし）　平蔵の兄。幕府御使番。巡見使を賜り、五百石を加増される。

矢部伝八郎（やべでんぱちろう）　平蔵の剣友。兄の小弥太（こやた）は、北町奉行所隠密廻り同心。

井手甚内（いでじんない）　元斗南藩の脱藩浪人。無外流の遣い手。明石町で寺子屋を開く。

檜山圭之介（ひやまけいのすけ）　小網町道場の門弟。旗本先手組の三男坊。タイ捨流の目録取り。

佐治一竿斎（さじいっかんさい）　平蔵の剣の師。紺屋町で鐘捲流剣術道場を開いている。

伊之介（伊助）（いのすけ（いすけ））　磐根（いわね）藩主左京大夫宗明の落とし胤。

縫（ぬい）　伊之介の乳人。伊之介を弥左衛門店で育てた。

六兵衛（ろくべえ）　弥左衛門店の差配人。

左京大夫宗明（さきょうのだいぶむねあき）　磐根藩現藩主。正室・妙（たえ）は伊達六十二万石の藩主仙台侯の娘。

幽斎（ゆうさい）　宗明の異母弟重定（さだしげ）。隠居して欅（けやき）ノ館に住む。

柴山外記（しばやまげき）　磐根藩次席家老。曲者の襲撃を受け絶命。

柴山希和（きわ）　柴山外記の娘。磐根藩の陰草の者（隠密）。

桑山佐十郎（くわやまさじゅうろう）　磐根藩江戸上屋敷の側用人。平蔵の剣友。

おもん　「真砂」の女中頭。公儀隠密。

百目鬼兵馬（どめきひょうま）　黒脛巾（くろはばき）組を率いて、磐根藩乗っ取りを画策。

向井半兵衛（むかいはんべえ）　兵馬に雇われた刺客。平蔵に斃される。

向井雪乃（ゆきの）　半兵衛の妻。兵馬の似顔絵を描いたことから画才が開花。

篠田小枝（しのださえ）　勘定勝手方組頭篠田源太夫（げんだゆう）の娘。伝八郎の見合い相手。

脇坂隼人正（わきさかはやとのしょう）　火盗改の頭領。小野派一刀流の遣い手。

序章脱藩

胡桃平は北に雄岳、雌岳とつらなる険しい山稜を背にし、南は海に向かってひらかれた沃野である。

平坦な野面を南北につらぬいて流れる胡桃川は真夏の渇水期でも水がかれることはなく田畑をうるおしてくれる。東国にはめずらしい飢饉のすくない豊饒の地である。この地の表高は二千五百石ということになっているが、実際の米の収穫高は優に四千石を超えるだろうと言われていた。

その胡桃平を一望する小高い丘陵に欅ノ館はある。

丘陵の頂きに樹齢五百年とも、六百年とも伝えられる欅の老木がそびえていることに由来して欅ノ館とよばれるようになったらしい。

館のあるじは、去年、公儀の処断により三十七歳の若さで家督を伜に譲った。隠居して幽斎と号し、欅ノ館に居をうつしたものの、それはあくまでも表向きのことで、当主が年少ということもあり、後見人たる「お館さま」がいまだに実質上の領主であることに変わりはない。

幽斎は、この地の領主の居館がある胡桃沢にいることが多く、この欅ノ館に帰ることはめったになかった。

正徳元年（一七一一年）八月なかばのことである。

その日、幽斎はひさしぶりに供まわりの家臣数人をしたがえ、馬を走らせて欅ノ館にやってきた。

一昨日、江戸から船でもどってきた腹心に会うためであった。

幽斎は馬乗り袴のまま、黒書院とよばれている奥の間に向かった。

黒書院の前の大廊下に端座していた見るからに屈強な侍が、両手をついて幽斎を迎えた。

「おお、兵馬（ひょうま）！　よう、もどった。待ちかねていたぞ」

幽斎は闊達な足取りで太刀持ちの小姓をしたがえて黒書院に入ると、

「近う（ちこう）寄れ、兵馬。そこでは話が遠い」

手招きされた侍が書院に入り、幽斎の前に膝行（しっこう）した。

「兵馬。遅かったではないか」

「江戸表での足場を定めるのにいささか手間どりました」

「黒脛巾(くろはばき)の者をすべて江戸にうつしたそうだの」

「うむ、うむ。それがしの手足にござりまするゆえ」

「黒脛巾組は、なんと言っても黒脛巾組は長年のあいだ兵馬がえらびぬいて鍛えてきた強者ぞろいじゃ。頼もしいかぎりだの」

「さよう、きゃつらを三十人ばかりも差し向ければ、小城のひとつやふたつは苦もなく手にいれることができましょうな」

兵馬とよばれた侍は口辺に薄笑いをうかべ、こともなげに言い放った。

「仰せとあれば胡桃沢のお館、半刻(はんとき)（一時間）で落としてみせまする」

「はっはっはっ、言うてくれるわ」

幽斎は上機嫌で身を乗りだした。

「で、いつから手がける」

「すでに手筈はつけてござりますゆえ、手前が江戸にもどり次第、すぐにも取りかかれまする」

「わかっておろうが、こたびのことは万にひとつも仕損じは許されぬぞ」

「もとよりのことにございます」

「わしのほうもいろいろ手は打ってあるが、万全を期すには、いますこし軍資金がいる。ことを図るには、まず軍資金がのうてはどうにもならぬゆえな」

「ご案じめされますな。ふた月もあれば一万両の小判、お館さまのお手元にお届けできましょうぞ」

「なに、一万両とな。まことか」

「おまかせあれ」

「ううむ。頼もしいことよ。こと成就（じょうじゅ）の暁にはかねての約束どおり、この胡桃平のほかに二千石をつけてとらせるが、どうじゃ」

「かたじけのう存じまする」

兵馬はうっすらと片頰に笑みを刻み、拍子抜けするほど淡々とした口ぶりで礼を述べたが、

「こたびのことは、それがしにとっても亡き父の無念を晴らす好機、かならずや為（し）遂げて見せまする」

「よくぞ申した。そうでのうてはならぬ」

幽斎は小姓が手にしていた梨地に金粉を散らした、みごとな拵（こしら）えの大刀をみずから兵馬にあたえた。

「これを門出の餞(はなむけ)にとらせる。無銘ながら勢州村正じゃ」

「……村正」

兵馬の目がキラッと青く光った。

「ふふふ、兵馬ほどの男でも村正を差し料にするのをためらうか」

勢州村正はその斬れ味があまりにも鋭利だったため家康が忌み嫌ったことから妖刀と伝えられ、刀商は売買のためにあえて銘を削ったと言われる。

幽斎はそのことを言ったのだが、兵馬は平然と言い放った。

「妖刀とよばれるほどの斬れ味、この兵馬にこそふさわしいものと存じまする」

「よう言うた。門出の祝い酒をとらそう」

幽斎は廊下にひかえている小姓をよんで酒肴の支度を命じた。

ほどなく欅ノ館に仕える奥女中が膳を運んできた。

「ところで兵馬、こたびのことは本家はもとより公儀にも秘匿せねばならぬ。そのためには兵馬は脱藩したということにしておきたいが、よいか」

「もとより、それがしに異存はございませぬ」

双眸(そうぼう)に薄い笑みをうかべた兵馬は、

「それには脱藩の理由(わけ)をつくらねばなりませぬな」

「うむ。なにかよい手だてはないかの」

「されば」

兵馬の三白眼が細く糸のように切れた瞬間、

「御免！」

片膝を立てた兵馬は拝領したばかりの村正を手にするや、酌をしていた奥女中の白いうなじを抜き打ちに斬り捨てた。

シャーッ！　噴血が宙にほとばしり、御殿髪に結いあげた奥女中の頭部がごろりと青畳に転がり落ちた。

「兵馬!?　もの狂いしたかっ」

「仰せのごとく、それがし、このおなごに懸想すれど想いかなわぬ無念のあまり、もの狂いし、おなごを斬り捨て申した」

「な、なんと……申す」

「これで、それがしが脱藩の理由ができたと申すもの」

そう言うと、兵馬はなにごともなかったように血刀を拭い、口辺に不敵な笑みをただよわせた。

「う、ううむ！」

剛気で聞こえた幽斎の顔もひきつっていた。

第一章　凶賊

一

浅草阿部川町に店をかまえる和泉屋は江戸でも指折りの和蠟燭問屋で、創業八十年の老舗である。

和蠟燭は木蠟ともよばれ、黄櫨の木の実を原料にしたものだが、商品になるまでに大変な手間がかかる。まず採取した黄櫨の実を蒸し、圧搾機にかけて生蠟をしぼり出す。この生蠟を火にかけて溶かし、濾過したものを灰汁で固め、さらにそれをカンナにかけて薄く削り、天日に晒して、ようやく白蠟とよばれる純度の高い原料になる。

和蠟燭は行灯の灯りより火持ちがいいだけではなく、三十匁蠟燭で行灯の五倍もの明るさがあるが、製造工程に手間がかかるため、行灯に使う菜種油よりも格段に値段が高かった。広間などで使われる百匁の大蠟燭にいたっては一本で二百文という高値になる。菜種油は行商の計り売りで一合が約四十文、ひと月分の油代は六百文ぐらいですむから、家計を考えれば明るさを犠牲にしても菜種油の行灯ですませることになる。菜種油は一升以上のまとめ買いをすると半値ぐらいになるから、大店（おおだな）では割安の樽買いをしていたが、それでも油代がもったいないからと、できるだけ早く床につくのが習わしになっていた。

高価な和蠟燭を惜し気もなく使うのは将軍家の居館である千代田城と、奉行所をはじめとする大公儀の役所、役宅、諸大名の屋敷や大身旗本の屋敷、それに寺社と相場はきまっていて、当然のことながら和泉屋の得意先もそのあたりになる。

いずれも支払いが確かな顧客ばかりだから、どんな不景気のときにも屋台骨がかしぐようなことはない。「和泉屋さんの蔵には千両箱が山積みになっているそうな」と噂されるほどだった。

当主の善右衛門は六十三歳。十六年前、妻を亡くし、商売一筋にはげんできたが、息子夫婦に孫ができたのを潮に、六年前、三十も年下のお勢を後妻に迎えた。

お勢は出戻りだったが、評判の器量よしで、奉公人への気配りもこまやかな女だったから、「和泉屋さんほどの果報者はめったにいませんよ」と商売仲間からもうらやましがられていた。

そんな和泉屋を奈落の底に突き落とす凶変が襲ったのは、九月も末の、五つ半（午後九時）ごろだった。

昼間は人の往来でにぎわう阿部川町も、この時刻になると、人の足はばったりと途絶え、町は灯りひとつ見えなくなる。その薄闇の中に十数人の侍の一団が忽然とにじみ出した。炯々たる眼光、鍛えぬかれた筋骨を見ても、食いつめた痩せ浪人の群れでないことはあきらかだった。

頭領とおぼしき侍だけは亀甲紋様の山岡頭巾をかぶり、紬織りの袖無し羽織に軽衫袴をはいていた。軽衫袴は動きやすいように両足首の裾がしぼってある。

一団はまっすぐに和泉屋に向かうと、ひとりの侍が大戸の脇にある通用口の戸を軽くたたいた。待つ間もなく通用口の戸が音もなく内側からあけられた。通用口をあけ、侍の一団を招きいれたのは、この店の下男らしい粗末な身形をした白髪の老爺であった。

「藤助。ようやった」

頭巾の侍が、低いしゃがれ声を発した。

「へ、へい……」

「家の者は寝静まっておろうな」

「へい。しんぺぇすることはねぇですだ」

老爺の声はかすかにふるえていた。

藤助は和泉屋に下男として奉公し、今年で四十六年になる。年に一両二分の給金のなかから爪に火をともすようにして行李の底に蓄えておいた三十五両の金を、ひと月ほど前、何者かに盗まれた。犯人は店の奉公人のなかにいる。そう確信した藤助は主人の善右衛門に訴え出たが、藤助が三十五両もの大金を蓄えていたことを知っていた者はひとりとしていなかった。

そうなると金を盗まれたという藤助の訴えも、ほんとうかどうか疑わしいし、また、藤助の言うことがほんとうだったとしても、表沙汰になって奉公人のなかから縄付きでも出すようなことになれば、長年築きあげてきた和泉屋の暖簾に傷がつく。年老いた下男ひとりのために店の信用を落とすことなどできないと考えた善右衛門は、「たしかな証拠もないのに騒ぎたてるようなら店をやめてもらうしかありませんよ」と脅し、藤助の訴えをにぎりつぶしてしまったのである。

奉行所に直訴するという手もあったが、定廻りの同心には善右衛門から袖の下がたっぷりとゆきとどいているから、藤助の言い分などまともに取りあげてもらえそうもなかった。奉公人のなかには藤助に同情する者もいたが、「なに、老いぼれの欲ぼけだよ」と陰口をたたく者のほうが多かった。

老後の頼みの綱だった金を一瞬にして失い、絶望した藤助は大川に身投げしようと思いつめた。その身投げ寸前に助けたのが頭巾の侍だったのである。

いきさつを聞いた頭巾の侍は、われらの手助けをしてくれたら報酬として百両やろうともちかけた。強盗の引き込み役だと聞かされ、藤助は仰天したが、聞いたからには断れば命がないことは侍の冷酷な目を見ればわかる。

迷ったあげくに藤助は引きうけた。ただ、百両の報酬に目がくらんだわけではない。藤助には藤助なりの長年の怨念があったのである。十五のときから和泉屋に奉公に出された藤助は、愚鈍で、目端もきかなかったが、先代の主人は素直で骨惜しみをしない藤助を可愛がってくれた。ところが先代が亡くなり、代がわりした当主の善右衛門は老いぼれた藤助に冷たかった。他の奉公人たちも主人に右にならえで、役たたずだの、のろまだのと嘲笑った。愚鈍とはいえ藤助にも意地がある。盗賊の引き込み役を引きうけた藤助の腹の底には、長年、屈辱にたえてきた竹篦返し、命がけの意趣返しという気持ちが強く働いていたのである。

ただ、六年前に後妻に入ったお勢だけは何かにつけて藤助をかばってくれた。

そのお勢を裏切るのはつらかったが、密かに思慕しているお勢が、あの非情な主人に、夜ごと肌を許していると思うだけでも腹が煮える。盗賊に荷担した藤助の心中には、そんな暗い嫉妬も疼いていたのである。

「手付けの金だ。残りの七十五両は万事片がついてからとらせる」

頭巾の侍は懐から二十五両の切り餅をつかみ出すと藤助にあたえ、配下のひとりを戸口の見張りに立てた。

「よいか、騒がれては面倒になる。寝部屋に踏み込むまで気づかれぬよう心せよ」

念を押してから、合図の手を振った。

一団は手筈どおりに数組にわかれ、龕灯提灯を手に奥の離れにある主人夫婦の寝室をはじめ、息子夫婦と孫たち、奉公人たちの寝部屋へと跫音を殺して忍び寄ると、一気に踏み込んでいった。熟睡していたところを龕灯の灯りで照らされ、ギラリと光る鋒を鼻先につきつけられた和泉屋の家人たちは声をあげる暇もなかった。アッという間に猿轡をかけられて、つぎつぎと広間に追いたてられた。

冠婚葬祭や、上客を迎えたときに使う三十畳の大広間に陣取っていた頭巾の侍は、四方に燭台を立て、商売物の百匁蠟燭にあかあかと火をともさせた。

和泉屋善右衛門とお勢、息子夫婦と幼いふたりの孫、それに十七人の奉公人たちは頭をそろえて一列に寝かされ、両の足首にもしっかりと縄目をかけられた。

二

頭巾の侍は善右衛門の猿轡をゆるめ、金蔵の鍵と貸付台帳のおき場所を聞き出し、六人の部下を金蔵に向かわせると、ふたたび善右衛門に猿轡をかけた。

「ほう、これが器量よしと評判の後妻だな」

龕灯を左手にした頭巾の侍は、善右衛門の側で怯(おび)え、すくんでいるお勢のかたわらにたたずみ、頭巾の目出し穴から獲物の品定めでもするような視線を、お勢の五体にそそいだ。不吉な予感に襲われたお勢は思わず膝をくの字に折りまげ、その視線から逃れようとしたが、その瞬間、キラリと刃が光り、お勢の両足首にかけられていた縄目が切りはなたれた。なぜ、男が足の縄目を切ったのか、お勢にはすぐにわかった。眉毛の剃り跡も青々とした、お勢の顔が恐怖におののいた。

「怖いか、女……」

ささやくような声の裏にひそむ凶悪な意図を感じ、お勢は息をつめた。

「ふふふ、そなたのような美しいおなごが怖がるさまを見るのは、また格別に楽しいものよ」

どうやら男には人を苛む性癖があるらしい。頭巾からのぞいている男の双眸には肌が粟立つような冷酷な炯りが宿っていた。

「どのように美しいおなごでも、ヘソ下三寸の奥の院には男を虜にする禍まがしい悪魔を飼うておるものじゃ。……わしがその悪魔払いをしてとらそう」

抑揚のない乾いた声でふくみ嗤いした頭巾の侍は、お勢の裾前を刀の鋒にひっかけ、ゆっくりと左右にひらいた。まぶしいほどに白い太腿が、百匁蠟燭の灯りに惜し気もなくさらされた。太腿のつけ根のちいさなふくらみを覆うように黒ぐろと生い茂った陰毛が火影に照らされ、羞じらうようにもやっている。

「おなごというのは男を楽しませるためのものよ。もそっと足をひらくがよい。それでは奥の院が拝めぬではないか」

男はくくっと咽の奥で嗤うと、お勢の太腿をひたひたと刃の腹でたたいた。

「亭主には夜ごとさらけ出しておきながら、われらには見せられぬと言うのか」

男は足袋の爪先をのばし、股間の茂みをぐいと踏みにじった。

「この毛饅頭、出し惜しみするほどの代物か」

お勢が屈辱にたえかねたように腰をひねって股間を隠そうとした瞬間、白足袋がお勢の腰骨を巌のように踏みつけた。

男は刀刃を垂直にもちあげると、鋒をお勢のヘソのくぼみに向けた。

「この土手っ腹、串刺しにされたいか」

低いが、微塵の仮借もない声音であった。

「望みとあらば、股倉こじあけ、奥の院に風穴をあけてやってもよいぞ」

お勢はひしと瞼をとじた。逆らっても無駄と観念し、全身の力を抜いてしまった。

「それでよし。……ならば、そなたの観音さまをゆるりと拝ませてもらおう」

男は白足袋の爪先をのばし、お勢の太腿をふたつに割ると、足首をひとひねりして股間をこじあけた。

「ほう、茂みの毛艶もなかなかのものだが、内股の脂もぽってりと、ほどよくのっておる。ちと年は食っておるが、十九、二十歳は見ごろ、三十年増はさせごろと言う。たっぷりなぶれば、さぞかし良い音色で囀ってくれよう」

頭巾の侍は刃を鞘にもどすと、廊下の暗がりにいた藤助を振り向いた。

「これよ、藤助。この女、おまえにくれてやろう。存分に抱くがよい」

「へっ!?」

とっさに何を言われたかわからぬまま、藤助の目はまばたきもせず、お勢のあられもない姿態に釘づけになっていた。

「う、う、うっ！」

はじめて藤助の存在に気づいた善右衛門は、猿轡の下から悲痛な声をしぼり出し、身をよじって憤怒の眼を藤助に向けた。広間に転がされていた奉公人たちも、いっせいに驚愕と、不審と、憎悪のいりまじった眼を藤助にそそいだ。

「なにをためろうておる、藤助」

身動きもせず、立ちすくんでいる藤助を見て、頭巾の侍が叱咤した。

「もはや、この女は和泉屋の女房でもなければ、主人でもない。われらの手のうちにある虜囚にすぎぬ」

嘲るように吐き捨てた頭巾の侍は、お勢のかたわらに片膝をつくと左右の膝頭を鷲づかみにし、扇子でもひらくように無造作に押しひろげた。

「どうじゃ、藤助。よい眺めではないか。食べごろに蒸しあがった毛饅頭が男を待ち焦がれて湯気をたてておるわ」

お勢が腰をひねり、屈辱から逃れようとしたが、膝頭をつかんだ男の手におさえつけられて身じろぎひとつできない。

「よいか、藤助。おなごの躰というものはな、どんな男にでも抱かれるようにできておる。この女が亭主の目の前で、これまでこき使うてきた下男のおまえに抱かれ、臀をふりたてるさまを、わしは見たいのだ」

頭巾の侍の眼には、苛虐の青い炎がきらめいていた。

藤助はあらわなお勢の姿態を見つめたまま、ごくんと唾を呑みこんだ。

「よし！　おまえがどうでも抱けぬというのなら、やむをえぬ。この女の奥の院から脳天まで串刺しにするまでのことよ」

頭巾の侍がお勢の両足を投げだし、刀の柄に手をかけたとき、

「や、やめてけれっ！」

しぼり出すような声を発し、藤助がふらふらっと広間に足を踏みいれてきた。

「奥さまは、奥さまだけは、いつだって、おらにやさしくしてくださっただ。おらにとって奥さまは……奥さまは……菩薩さまみてぇなお人ですだ」

藤助は、長年の思慕を吐露した。

「ふふ、女は外面似菩薩内心如夜叉とも言う。その菩薩があられもないよがり声をあげて狂うさまを見たいものだ。今生に未練を残さぬよう、存分に抱くがよ

い」

頭巾の侍は藤助の白髪頭を鷲づかみにし、お勢の股間の茂みに押しつけた。

吸いつくようになめらかな両の太腿があわさる狭間の茂みが、藤助の顔をやわらかくなぶる。その茂みを藤助は慈しむように撫ぜ、ためらいがちにお勢の臀に両腕をまわすと、肉のそげた頬をお勢の腿にこすりつけ、赤子が乳をむさぼるように秘肉の壺口を愛しげに吸っては、しゃぶりつづけた。

ひしと瞼をとじ、眉根をよせていたお勢の腰がかすかにふるえだし、腹のふくらみが大きくうねりはじめた。その、お勢の微妙な淫情の兆しが伝わったのだろう。藤助はせわしなく股引きの紐をとくと、貧相な尻をむき出しにした。

「かんにんしてくだっせ、奥さま……藤助は……藤助は、もう、このままおっちんでも悔いはねぇですだ」

藤助は許しを請うように声をふるわせ、お勢の腰を両腕でかかえ、節くれだった男根を秘肉のくぼみに押しいれた。

お勢は腰をそらせ、逆らうようすもなくうけいれた。

「おうっ……おうっ……おうっ……」

藤助はむせび泣くような声をしぼり出しながらお勢の腰をもちあげ、骨ばった尻を無二無三にしゃくりたてた。お勢の寝衣はとうに前がはだけてしまっていた。蠟燭の火影にさらされたお勢の裸身はまろやかに白くかがやいている。その熟れきった女体にしがみついている藤助の五体は、醜怪な土蜘蛛のようだった。

それを眺めていた配下のひとりが劣情にかられたか、息子の女房に近づき、裾前を鋒で撥ねあげ、しゃがみこむと股間に指をのばしかけた。

「ならぬ！　女を抱きたければ岡場所に行け」

頭領の叱咤に、配下の侍ははじかれたように女房のそばを離れた。

いつしか、お勢は両脚を藤助の腰に巻きつけ、藤助の律動にあわせるように臀をゆすりはじめた。とろみをおびた露が内股の肌を伝い、畳を濡らす。いまや、お勢は苦悶とも、喜悦ともつかぬ表情をうかべ、なにもかもかなぐり捨てて忘我の境をさまよっていた。大蠟燭があかあかと照らし出す広間で繰りひろげられる藤助とお勢の交媾いは、淫靡と言うには、あまりにも切なく、凄惨な彩りをおびていた。

広間のまわりには腕組みをした侍の一団が身じろぎもせず、その地獄絵を見つめていたが、ひとり頭巾の侍だけは、狂わんばかりのまなざしでお勢を睨みつけている善右衛門を冷ややかに見すえていた。

「おおおおっ！」

藤助が快楽のきわみを迎えたうめき声を発し、お勢の胸に顔をうずめた。

お勢はまだのぼりつめていないらしく、藤助の腰をしめつけている太腿の筋肉も、臀の肉も、ぎゅっと収縮したまま鋭く痙攣しつづけている。やがて潮を迎えたのか、お勢はたてつづけに腰を突きあげ、しぼり出すようなうめき声を発しながら、一気にのぼりつめた。それを待っていたように頭巾の侍の鋒が藤助の背中を刺しつらぬき、藤助に組みしかれていたお勢をも串刺しにした。藤助はバッタのようにそりかえり、全身をふるわせ、やがて、がくんとお勢の胸に突っ伏した。お勢はなぜか奇妙な微笑をうかべたまま絶命していた。

「見たか、善右衛門。きさまの女房は爺いに抱かれ、極楽往生したわ」

善右衛門の顔が紙のように白くなった。頭巾の侍は藤助とお勢をつらぬいた血刀を引き抜きざま、情け容赦なく善右衛門の胸を芋でも刺すようにつらぬいた。

それまで身じろぎもしなかった凶賊の群れが、いっせいに刃をつらね、残った家人をつぎつぎに殺戮していった。ふたりの幼児も例外ではなかった。畳も、襖も、柱も血しぶきで赤く染まり、鼻をつく血の臭いがたちこめた。

凶変が発見されたのは、翌朝の六つ半（午前七時）ごろであった。

通いの番頭が店にやってきて、とうに小僧が店先を掃除している時刻にもかかわらず大戸がしまっているのに不審をおぼえた。

急いで町の番小屋に走り、自身番立ち会いのもとで裏口の戸をこじあけて屋内に入って事件が発覚、阿部川町界隈は天災に見舞われたような大騒ぎになった。

急報をうけて駆けつけた北町奉行所の同心は、広間に整然と一列に並べられた二十四人の死体を目にし、眉をひそめて吐き捨てた。

「なんてぇむごいことをしやがるんだ。これじゃ、まるで獺祭（だっさい）じゃねぇか」

獺祭とは川獺（かわうそ）が川岸や水辺の岩の上に、捕らえた魚をずらりと並べる習わしのことで、『礼記』にも記されている。

機敏さが勝負の瓦版屋は、その日の四つ半（午前十一時）ごろには早くも見出しに「獺祭強盗（だっさいごうとう）」と仰々しく書き立てた瓦版を刷りあげて売りまくった。

三

その日、江戸の空は雲ひとつなく瑠璃色に晴れわたっていた。

神谷平蔵が、神田新石町の弥左衛門店の一角に「病　金創　骨折　腫物　よろず診療所」なる看板をかかげて開業医になってから、一年以上がたつ。

家賃は一貫五百文、九尺二間の裏長屋の家賃が六百文だから、二倍半と割高だが、六畳大の板の間に三畳の中部屋と奥に六畳間という間取りは診療所兼用の住まいにはもってこいの広さだった。それに猫の額ほどにしろ物干し場がわりの裏庭があり、入り口から裏庭まで一間巾の三和土がつらぬいているから、入り口を入ってすぐの板の間を診療室に使う平蔵にとって、三和土を抜け、起居の場になる奥の六畳間まで行けるという造りはおおいに気にいっていた。

平蔵の実家は駿河台にある。兄の忠利は禄高千八百石、徳川家譜代の旗本である。次男坊の平蔵は誕生したときから、父の弟で医師になった夕斎の養子になるよう運命づけられていたが、兄の忠利に跡継ぎの男子が生まれるまでは武士の子として育てられ、鐘捲流の佐治一竿斎の道場で一、二を争うまでに腕をあげた。

養父の夕斎が東国磐根藩の藩医に招かれ、ともに磐根におもむいた平蔵は養父にすすめられるまま長崎に留学したが、その間に夕斎がお家騒動のとばっちりをうけて横死してしまった。長崎からもどった平蔵は養父の無念を晴らそうと、磐根藩を食いものにしようとする悪党の一味を斬り捨てたが、権力抗争のたえまがない武家の世界に嫌気がさし、市井の町医者として生涯をおくる決心をしたのである。

もっとも町医者稼業も、開業早々は患者もさっぱりだった。剣友の矢部伝八郎(やべでんぱちろう)が「これでは家賃も払えんだろう」と心配するほどだったが、何事も辛抱が肝心とはよく言ったもので、このところは、その日暮らしの長屋の住人から「せんせい、せんせい」となにかにつけて頼りにされるようになってきた。

今日も朝飯を食いかけた途端に隣に住む大工の源助が風邪をひいたというので葛根湯(かっこんとう)をあたえ、あとは卵酒でも飲んで寝ていろと言ってやった。間もなく女房のおよしがやってきて、「あのばか、せんせいに酒は風邪の妙薬だって言われたなんてほざいて、ぺろっと三合も飲んだあげくに大鼾(おおいびき)をかいて寝ちまいましたよ」と、まるで平蔵がよけいなことをしたかのように言う。

そこまで責任はもてんと追い帰し、ようやく冷えた味噌汁を飯にぶっかけ、かきこんでいたら、差配の六兵衛が柿の木から落ちて足の骨を折ったと言う。朝飯もそこそこに往診したところ、幸い骨に異常はなく、ただの捻挫だった。冷湿布をしてやると、お礼にと柿を五つ寄越した。柿五つで治療代を頬っかぶりする気かと思ったら、あとから婆さんが払いにきて往診代だと一朱おいていったのには、いささかおどろいた。長屋の連中からはシブチンと陰口をたたかれているが、さすが大家から差配をまかされているだけのことはある。

　気をよくして、たまりにたまっていた洗濯物を洗いおわりひと息つく暇もなく、今度はむかいに住んでいる魚屋の女房のおきんがやってきた。

　亭主の太吉は棒手振り（ぼてふ）の魚屋で、この長屋でも指折りの働き者だが、女房のおきんは根っからの遊び好きで、やれ芝居見物だの花見だのと、出かけることばかり考えている女だ。乱脚（脚気（かっけ））の持病もちで、できるだけ玄米食にしろとすすめたにもかかわらず、実行しているようすはさらさらない。

「風邪でもひいたのかね」

　と聞くと、日頃から口達者な女がなにやら気恥ずかしそうに口のなかでモゴモゴ言うばかりで一向に要領をえない。女の患者が病状をはっきり切り出さないときは、ほぼ下（しも）のほうの病いと相場がきまっている。

「黙ってちゃわからない。どこが具合が悪いのか、はっきり言ってもらわんと、こっちも診断のしようがないんだがね」

　問いつめたら、おきんは柄にもなく顔を赤らめ、小便するとき下っ腹がしぼるように痛むのだと言う。

「それだけじゃわからん。小便をするとき出口がチクッと刺すように痛むのか、それとも小便を出しおわったあとでヘソの下あたりが痛むのか、どっちなんだ」

「いやですよ、せんせい。……そう、ずけずけと小便だの、ヘソの下だのって、恥ずかしいじゃありませんか」

「なにが恥ずかしいもんか。人間、飲み食いすりゃ糞も出る、小便も出る。出るものが出なきゃ、それこそ命とりだ。その、どこが恥ずかしい」

「そりゃまぁ、そうですがね」

日頃、井戸端会議の音頭取りのくせに、「恥ずかしい」が聞いてあきれると苦笑したが、ふだん陽気なおきんにしてはめずらしく深刻そうな顔つきだった。

「小便は一日に何回ぐらい出るんだね」

「そんな、いちいち数えたことなんかありませんよ」

「夜中はどうなんだ。ちょくちょく厠（かわや）に通うほうか」

「ええ、寝ついてからも二、三度は……これから寒くなると厠に行くのもつらくなりますからねぇ。なんとかしてくださいよ、せんせい」

「もう一度聞くが、痛むのは出るときか、出しおわったあとか、どっちだね」

「そのあとの口ですよ。ほら、しまいぎわにちょいと下腹をしぼるでしょ。そんとき、キュッとしめつけられるみたいに……」

　言いかけて、また赤くなった。

「もう、やだなぁ、せんせいったら……」

　妙に色っぽく腰をくねらせて片手でぶつふりをした。ひとりで勝手によけいな連想をして照れている。

「ここだけの話だが、あんた、まさか亭主にないしょで外で浮気なんぞしたおぼえはないだろうな」

「ちょいと、せんせい！　わたしゃ、そんな浮気性じゃありませんよ。そりゃ、まぁ、うちの人ときたら、毎度、乗っかったかと思う間もなくチョチョンのチョンでハイおしまい。ものたりないっちゃありゃしないけど、だからって……」

「わかった、わかった。そういうことなら、どうやら外でタチの悪い病いをもらってきたわけじゃなさそうだ。まずは、ただの膀胱炎だろうよ」

「なんです。その、ぼうこう、なんとかって……」

「ま、早くいえば小便袋の按配がうまくいかなくなったってことだ。あんたぐらいの年頃のおなごがよくかかる病いだよ。ま、できるだけ躰を冷やさないように心がけて、毎日銭湯に入ってよく腰を温めることだな。それと小便をしたくなったら我慢せずにサッサと出すことだ」

「それだけ、ですか……」

「なんだか、不服そうだな」

「だって、せっかく治療代払うんだから、なんか、いい薬を出してくれるとか、すぐ効くような治療をしてくれるとか……」

「よしよし、それじゃ、すこしツボを指圧してやるから、その茣蓙(ござ)の上にうつぶせになってごらん」

「こうですか……」

言われるままに診療室の板の間に敷いた茣蓙にうつぶせになった、おきんの腰の膀胱兪(ぼうこうゆ)というツボに親指をあてがった平蔵はゆっくりと指圧をはじめた。

「ここを押すと小便したあとの痛みも、すこしはうすらぐだろう」

「あっ、つっ、つっ！　い、いたいよ、せんせい」

おきんは顔をしかめてそっくり返った。なにしろ平蔵は鐘捲流の佐治一竿斎の剣道場で皆伝を許されたほどの剣士だから、ツボにきめる指の圧力も並ではない。

「ううっ、き、きくぅ……」

たちまち、おきんはうめき声をあげはじめた。

「き、きいてきたよぅ、せんせい。……なんだか腰のあたりがらくになって、とろんとしてきちゃった」

　おきんが莫蓙に顔を押しつけ、うっとりとしかけたとき、表から提灯張りの由造が飛び込んでくるなり、勢いよく障子をあけた。

「せんせい！　この瓦版見やしたかい」

　いきなり手にした瓦版をつきつけた。

「ばか。いま、治療中だぞ。むやみとのぞきこんじゃぃかん」

「あっ、そうか、いけねぇ。悪かったな、おきんさん」

「なに、いいんだよ、由さん」

　うつぶせになっていたおきんが、もっくり鎌首をもたげた。

「いったい、なにがあったのさ。その瓦版、ちょいと読んどくれな」

「へっ、てめぇで読めるくれぇなら苦労しねぇやな。だから、せんせいに読んでもらおうと思ってぶっとんできたんじゃねぇか」

「なんだい、男のくせにだらしがないねぇ。瓦版の字も読めないのかい」

「だったら、おきんさん、読めるのかよ」

「お生憎さま。読み書きができるくらいなら、だれが棒手振りの魚屋の女房なんぞになってるもんかね」

おきんは亭主の太吉が聞いたら夫婦喧嘩になりそうなへらず口をたたくと、治療そっちのけで莫蓙の上にむっくり起きあがってしまった。

「まったくしょうがない連中だな」

平蔵、舌打ちして、

「よしよし、読んでやるから、見せてみろ」

由造から瓦版をとりあげ、ザッと目を通してみた。

「ほう。阿部川町の和泉屋に押し込み強盗が入ったのか……」

「へい。それが金をふんだくったついでに和泉屋夫婦はもちろん、三つの孫から奉公人まで皆殺しにしていきやがったってんですから、鬼みてぇなやつらでさぁ」

「へえ、由さん。字が読めないくせによく知ってるじゃないか」

「けっ、瓦版のふれ売りの口上を聞きゃ、てぇげぇのこたぁわかるってもんよ」

「ふうん。それにしても獺祭(だっさい)強盗とはうまい見出しをつけたもんだ」

平蔵、ぼそっとひとりごちた。

「それそれ、その、だっさいてぇのが、さっぱりわからねぇんでさ」

「ま、早くいえば川獺の祭だ」

「じゃ、川獺が人間に化けて押し込み強盗に入ったってことですか」

患者のはずの、おきんまでが身を乗りだしてきた。

「ばかを言え。川獺が人を化かすなんてのは迷信だ。これはもののたとえだよ」

このようすではどうやら膀胱炎の治療はそっちのけになりそうだった。

「こいつ、どうも気になるな」

「なにがです、せんせい」

「うむ。幼児もろとも皆殺しという仕打ちも惨（むご）いが、この凶賊がごろつきではなく二本差しらしいというのも気にいらん。それに十人以上もの侍が徒党を組んで押し入った形跡があるというのも穏やかじゃない」

平蔵の眉が険しくなった。

「どうも、こやつら、金だけがめあての押し込みとは思えんな」

「そういや、美人で評判だった後妻の色年増が股おっぴろげて刺し殺されてたって聞きましたぜ。やつらによってたかってまわされたんじゃねぇかって噂ですがね」

「なんだね、由さん。股おっぴろげてだの、まわされただのって、嫌らしいねぇ」

「へっ、よく言うぜ。その嫌らしいことが飯より好きなくせに」

「ちょいと、由さん!」

「こらこら、喧嘩するなら表でやれ。だいたい無責任な噂をまともに聞くと尾鰭(おひれ)がついてろくなことにならんぞ。それにだ、いずれにしろ、押し込み強盗など、われわれ貧乏人にはかかわりのないことさ」

　このとき平蔵、まさか、この凶賊がおのれに牙をむいて襲いかかってくることになるとは知るよしもなかった。

四

　おきんと由造がようやく尻をあげて家にもどったのは、陽がとうに中天を通りすぎた九つ半（午後一時）ごろだった。

　どうやら今日は一日風もなく、秋晴れのぽかぽか陽気になりそうだ。こんな日に来るか来ないかわからない患者を待って、ぼけっと長屋にくすぶっていると気が滅入ってくる。屁(へ)をひっておかしくもなしひとり者、とはよく言ったものだ。

　男やもめに蛆(うじ)がわくとはこういうことらしい。平蔵はまだ妻を娶(めと)ったことがないから、やもめにはあたらないが、三十にもなってひとり暮らしをしていると心境はやもめに近いものがある。蛆がわかないうちに出かけることにした。

開業以来「休診」の札がわりにしている瓢簞を軒下にぶらさげて出かけようとした矢先、隣に住んでいる大工の女房のおよしに見つかってしまった。銭湯に行くところらしく、糠袋(ぬかぶくろ)や垢(あか)すりのへちまが入った手桶を小脇にかかえている。

「あら、せんせい。まっ昼間から瓢簞なんかつるしちゃって、またぶらりをきめこむつもりですか」

およしは面倒見のいい女だが、そのぶん口もうるさい。

「うむ、ちょいとした野暮用だ」

「どうせ、また帰りは夜になるんでしょ」

「まぁ、な」

「じゃ、裏にぶらさがってる洗濯物、あたしが取りこんどきましょうか」

「そうしてもらえると助かる。いつもすまんな」

「そんなことより、せんせい。野暮用だなんて怪しいもんだわね」

「怪しい？」

「だって、ここんとこ三日にあげず瓢簞つるしちゃどろんだもの。おおかた、どっかにいい女(ひと)でもできたんでしょ」

およしはからかうような目をすくいあげた。

「そういや、せんせい、こっちのほう、とんとご無沙汰ですもんねぇ」

つと身を寄せてきて、トンと肘で平蔵の脇腹を小突き、小指を曲げてくすっと笑った。なにしろ隣との仕切りは壁ひとつ、寝起きから女出入りまで、筒抜けの間柄だから始末に悪い。

「いや、そんな粋筋じゃない」

「いいんですよ、隠さなくったって。若いんだもの、たまには出すもの出さなくっちゃ頭に血がのぼっちゃいますからね」

およしの話はすぐに下がかる。

「おい、声が高い。声が……」

「ふふふ、やっぱりねぇ」

勝手にきめこんで、

「ま、女遊びもいいけど、いつまでもひとり身ってのは躰に毒ですよ。あっちのほうだって不自由だし、男手ひとつで三度のおまんまの支度から掃除に洗濯ときちゃ、身がもちませんよ。いい加減に嫁とりしなくっちゃ。殿方にも売りごろ、熟れごろってもんがあるんですからね」

まるで周旋屋か、女衒みたいな口をきく。

「わかった、わかった。ひとつ、いい女がいたら世話してもらおうか」

軽くいなすつもりが、逆に食いつかれてしまった。

「へぇえ、せんせいがその気なら、角の煮豆屋のおのぶちゃんなんかどうかしら。いい娘だと思うけど」

「ばか言っちゃいけない。あの子はまだ桃割れが似合うネンネじゃないか」

「あら、おのぶちゃんは番茶も出花の十八ですよ。あたしなんか十七で所帯もったんですからね」

蟬みたいに囀りながら、平蔵にぴったりくっついてくる。

「そうじゃない。年のつりあいってものがあるだろうが。おれはもう三十男だぞ。煮豆屋の娘とはひとまわりもちがうじゃないか」

「いいじゃありませんか、当節めずらしくもありませんよ」

「いかん、いかん。これが煮豆屋の親父の耳にでも入ってみろ。頭から湯気たてて怒鳴りこんでくるぞ」

「そうかなぁ、けっこうまとまりそうな気がしますがねぇ」

不服そうに首をかしげたおよしの顔がパッとかがやいた。

「だったら質屋のおみねちゃんなんかどうかしら。たしか今年で二十六、ちょいと年は食ってるけど、年増(としま)はおぼこより情が深くっていいんですってよ。それに質屋の娘を嫁にすりゃ、お銭(あし)で苦労することもないし、いいと思いますがねぇ」

これじゃ、まるで嫁の押し売りだ。

「そういや、せんせいは前から年増好みでしたね。ほら、去年までこの長屋にいたお縫(ぬい)さんともしっぽりやってたし、どこだかのお武家の娘らしい女(ひと)が夜中に忍んできてたこともあったじゃない」

肩をどんとぶつけると、くくっと咽(のど)を鳴らした。

「あんときゃ、あてられっぱなしで、あたしなんか躰が火照っちまって朝まで寝つけなかったんですからね」

嫁の押し売りが、とんだところに飛び火してきた。このようすでは壁に耳ありどころか、壁に穴をあけて寝相まで逐一(ちくいち)のぞかれていそうな気さえしてくる。

「およしさん。できれば、その縫どののことだけは内聞に願いたいな。あっちにはそれなりに今の立場というものがある」

「あ、そうか……つい口がすべっちゃった」

ぺろりと舌を出して首をすくめた。

「でも、惜しいことしちゃいましたね。お縫さんみたいないい人、めったに見つかりゃしませんよ」

平蔵、胸がちくりと疼いた。なにしろ縫は一度は本気で妻にしてもいいと考えたことがある女だ。縫の子だとばかり思いこんでいたやんちゃ坊主の伊助が、まさか磐根五万三千石の藩主のご落胤だったなどとは思いもよらなかった。

「あの伊助ちゃん、いまじゃ磐根藩の若殿さまなんかになっちゃったけど、ふたりとも幸せなんでしょうかねぇ」

これにも平蔵、なんとも答えようがない。

一年前、縫と伊助はこの弥左衛門店に住んでいたのである。

平蔵が引っ越してきた日、腕白盛りの伊助が表通りで落馬した旗本を見て「へたくそ！」と悪口を浴びせたことから、旗本の供侍が激怒し、長屋に逃げこんだ伊助を捕らえ、屋敷に拉致しようとした。それを助けてやったことから、縫がせめてもの恩返しと、平蔵の身のまわりの世話をしてくれ、いつしか情をかわす仲になったのである。

縫は毎夜伊助が寝ついたあと、通い妻のように平蔵のもとに忍んでくるようになり、伊助も「おじちゃん、おじちゃん」となついていた。縫は器量よしというだけでなく、武家の出だけに挙措にも品があった。剣友の伝八郎や甚内も、あれだけのおなごはめったにいるものではないとほめちぎるほどの女だった。

医者稼業もなんとか目鼻がついてきたこともあって、平蔵は縫を妻に迎え、伊助をわが子にしようとしたのだが、意外にも縫はかたくなに拒絶した。

縫が伊助を連れて長屋を去ってから、平蔵は旧知の磐根藩側用人の桑山佐十郎から、伊助が磐根藩主の落とし胤で、縫は夫とともにお家騒動の因になりかねない伊助の傅役を命じられ、江戸に逃れて弥左衛門店に隠れ住んでいたのだと知らされたのである。

その磐根藩のお家騒動もようやくカタがつき、いま、縫は伊之介ぎみとなった伊助の傅役として江戸の磐根藩下屋敷にいる。

そのいきさつは長屋の住人たちも薄々知っている。

いま、縫も、伊助も、同じ江戸にいながら、手の届かない壁のむこうにいる。

その壁は武家に生まれた者が背負うしかない宿命の壁だった。旗本の次男に生まれた平蔵が武士を捨てる気軽さとはくらべようもない厚い壁だが、およしにそんなことを説明してもわからないにきまっている。

縫に会おうと思えば、桑山佐十郎に言えばなんとかなるだろうが、会えば縫の心を乱すだけだ。

「相惚れなのに、越すに越されぬ大井川、か……切ないもんですねぇ」

いつになく、およしがしんみりした顔になった。大井川の川止めと男女の仲をごっちゃにするあたりが、およしの気楽なところだ。

亀湯の前でおよしと別れた平蔵は、急いで小網町に向かった。

野暮用などとごまかしたが、実を言うと平蔵、去年から剣友の矢部伝八郎と井手甚内の三人で、小網町に共同の剣道場をもったのだ。

長屋の住人にないしょにしてあるのは他意あってのことではない。人の命を救う医術と、人斬り修行の剣術とは、なんとなくそぐわない気がしたまでのことだ。

十九のとき、すでに佐治道場の龍虎とうたわれた平蔵が、またぞろ剣の修行をはじめる気になったわけは三つあった。

ひとつには躰がなまれば剣技も錆びるということを、去年、身をもって実感したからである。ふたつ目は、世の中、天下泰平に見えているが、獺祭強盗のような物騒な徒輩が横行するかと思えば、辻斬りの凶刃をふるうやつがいる。旅に出れば出たで、山賊に襲われることもある。わが身を守るには日頃からそれなりの備えをしておかなければ、いざというとき泣きを見るどころか、命も落としかねない。医は仁術で、剣は人斬り包丁と言う者もいるが、剣は使う者によって正邪をただす力になると平蔵は信じている。そして三つ目は、なによりも平蔵自身、根っから医よりも剣が性にあっているからでもあった。

人の女房の尿の面倒を見たり、柿の木から落ちた爺さんの捻挫を往診したりの日々は人助けにはちがいないが、正直、気が重い。たとえ、しょぼくれ道場にしろ、若者を相手に竹刀を振りまわして汗をかいていると気が晴れる。それに、なんと言っても道場に顔を出せば竹馬の友の伝八郎がいる。去年から肝胆相照らす仲になった井手甚内にも会える。それだけでも命の洗濯になるというものだ。

五

新石町の木戸を抜けたところで、八つ（午後二時）を知らせる時の鐘の鳴るのが聞こえた。その鐘の音に誘われたように腹の虫が騒ぎだした。朝から差配の往診と、おきんの膀胱炎、由造がもち込んできた瓦版の講釈で飯らしい飯を食っていない。

日本橋川に沿った本舟町の川っぺりにある蕎麦屋に飛び込んだ。

時はずれで店に客はひとりもいなかった。運びの小女が、刀架けがある小上がり席をすすめたが、腰に用心棒がわりの大小を差してはいるものの、ことさらに武家あつかいされるのは好きじゃない。

「ここでいい」

と、入れ込みの平土間の樽椅子に腰をおろして盛り蕎麦を一枚頼んだとき、暖簾をくぐって三人連れの侍が入ってきた。無言で小女が案内するまま小上がりの席に座った。

蕎麦をたぐっていた平蔵の手が思わずとまった。

ふたりは身形からも歴とした武家で、ひとりは見るからに尾羽うちからした浪人者だったが、その浪人の顔に見おぼえがあったからである。

ひと月ほど前、その浪人は小網町の道場の武者窓の外にたたずんで弟子たちの稽古をしばらく眺めていた。武者窓は通りに面している。通りすがりの者が足をとめてのぞくこともある。別にめずらしいことではなかったが、その浪人の目はただの野次馬とはすこしちがっていた。かなりの使い手の目だと平蔵は見た。

はじめは道場破りの浪人かと思ったが、そうではなく、道場の熱気を好ましく眺めているというふうだった。興をそそられた平蔵が見所（師範席）の脇から見つめている視線に気づいた浪人は、軽く目礼して武者窓から消えた。

二度目はそれから十日あまりすぎたころ、道場に来る途中、日本橋川のほとりでぼんやりとたたずんでいるのを見かけた。だれを待っているというふうでもなく、なにやら途方に暮れているという感じだった。平蔵が近づいてくるのに気づいた浪人は、なにやら気恥ずかしげに目で会釈すると立ち去っていった。あきらかに道場にいた平蔵の顔を見おぼえている目だった。身形は貧しかったが、その挙措には食いつめ浪人の卑しさはなかった。

なにかわけがあって浪人し、仕官の途をもとめているのだろうが、この泰平の世、いったん扶持を離れた武士が仕官の口にありつくことはめったにない。遠ざかっていく浪人の後ろ姿の侘しさに、と胸をつかれ平蔵はしばらく見送った記憶がある。

浪人のほうも平蔵の顔をおぼえていたのだろう。暖簾をくぐって店に入ってきたとき、ちらと平蔵に目を走らせたが、それきり目をくれようとしなかった。

浪人の連れらしいふたりの武士のうち、ひとりは相当な身分の武家と見え、藍地に銀糸で刺繍した亀甲紋様の頭巾をかぶっていた。身形も絹の上物なら、刀架けにかけた大刀の鞘も梨地に金粉を散らしたみごとな拵えである。

もうひとり、黒の紋服に、きちんと熨斗目（のしめ）のついた袴をはいているのが頭巾の供侍らしい。

いっぽう浪人の着衣の紋服は色が褪（あ）せ、小豆色に変色している。袴の裾は擦り切れ、ほとんどボロとしか言いようがない。袖口も襟も垢じみて光っている。

脇においた差し料の鞘はところどころ漆がはがれているが、幅も、厚みもある。おそらく刀身は同田貫だろうと平蔵は見た。同田貫は実戦向きの剛刀である。振るには相当な膂力（りょりょく）がいる。身に襤褸（らんる）をまとい、貧（ひん）した暮らしのなかでも、この刀だけは手離さなかったのだろう。そこに浪人の並々ならぬ士魂が見える。

（もしかしたら、仕官の口でもみつかったのかな）

ほかに客もいないということもあったが、平蔵は興をそそられた。

供の侍が燗酒を一本と、盛り蕎麦を一枚頼んだきり、あとは三人とも口をきこうとしない。なんとも奇妙な連中だ。小女も、なんとなく気味が悪いのだろう、三人のほうを見ないようにしている。

小女が燗酒の徳利一本と盃をふたつ、それに盛り蕎麦一枚を小上がりの三人の席に運んでいくと、供侍は盛り蕎麦を浪人のほうに押しやり、頭巾の侍に会釈してから、ひとり手酌で盃をかたむけはじめた。

浪人は頭巾の侍にきちんと会釈し、蕎麦をたぐりはじめた。身形からは三度の食にも窮しているにちがいないが、がっついたようすは見せず、ゆっくりと蕎麦をたぐっている。

頭巾の侍はふたりの飲み食いがおわるのを待っているだけらしく、格子窓の外に目を向けていたが、格別、なにを見ているというふうでもない。眼と眼のあいだが通常の倍ぐらいある。褐色がかった黒目が上方にかたよった三白眼である。眼光には人を威圧する烱り(ひか)があるが、酷薄なものを感じさせる。人を人とも思わない手合いで、だいたいが権力の中枢につながっている人物と見ていい。平蔵がもっとも嫌いな人種だが、仕官するとなれば上司のえりごのみなど言っていられないだろう。

(うまくいくといいがな……)

そんなことを思いながら蕎麦をたぐりおえ、小女をよんで蕎麦代を払い、腰をあげた。そのとき、はじめて浪人が振り向いて平蔵を一瞥(いちべつ)した。ほんの一瞬だったが、その眼ざしになんとも言えぬ寂しさがただよっていた。けっして仕官の途がひらけた者の眼ざしではなかった。その眼ざしに、平蔵は荒野にぽつんとひとり取り残された孤影をかいま見たような気がした。

店を出ると、抜けるような晴天がひろがっていた。

その晴天とはあまりにもかけはなれた浪人の眼ざしが、平蔵の胸に棘のような重たいものを残した。

六

今日の矢部伝八郎の稽古ぶりは、いつもより数段気合いが入っていた。

稽古をつけてもらっているのは五ヶ月前に入門した檜山圭之介（ひやまけいのすけ）だった。旗本先手組（さきてぐみ）の三男坊で二十一歳、タイ捨流（しゃりゅう）の目録取りだけに、実戦向きのなかなかしぶとい太刀筋を使う。いまも伝八郎の上段からの打ち込みを巻きこむように跳ねかえしざま、身を沈めて横薙ぎに足を払ってきた。並の者なら脛を打たれているところだが、そこは伝八郎、苦もなくかわし、伸びきった圭之介の小手をしたたかに打った。

道場の羽目板にピシッと音がひびくほどの小手打ちだった。

たまらず圭之介は竹刀（しない）を落とし、苦痛に顔をゆがめた。

「ま、まいりました！」

「圭之介！　いまひとつ、踏み込みがたりんのだ。踏み込みが」

「は、はい！」

「踏み込みが浅いから腕がのびきってしまう。のびきれば残心がなくなる。だから二の太刀がつづかんのだ。さ、もう一度、かかってこい！」

「はっ！」

　はじかれたように竹刀を拾った檜山圭之介の稽古着は汗でぐしょ濡れになっているが、若いだけに気力が横溢していた。稽古に来ていた十五、六人の弟子の全員が竹刀を休めて、ふたりの稽古に熱っぽい眼ざしで見入っている。

　平蔵は見所で見守っている師範の井手甚内に声をかけた。

「圭之介はなかなか見所がありますね」

「やっと鍛え甲斐のあるのが入ってきて、矢部君も目をかけているようだ」

「もう、圭之介には木刀を使わせてもいいと思いますがね」

「それはどうかな。寸止めができるには、いますこしかかると思うが」

　木刀の稽古では、肌一寸のところで打ち込みを止める寸止めができなければ骨折する。木刀の荒稽古は下手をすれば命を失うこともある。泰平の世がつづき、武士も軟弱になり、木刀の荒稽古は敬遠されるようになった。

ここ数年、江戸の剣道場では竹刀稽古に竹胴、鉢金などの防具を使うようになってきた。竹刀や防具を稽古にとりいれたのは直心影流の剣客だと言われている。竹刀でも怪我をすることはあるが、木刀よりは危険性が激減する。竹刀稽古が流行するのは時代の流れであった。

伝八郎は強硬に木刀稽古で通すべきだと主張したが、「それでは道場に閑古鳥が鳴くことになる。初心者は竹刀稽古と木刀の素振りで鍛え、力量がそなわってくれば木刀による稽古を許すということにしてはどうか」という甚内の意見に平蔵も同意した。平蔵はおのれが診療所を開業してみて、客の来ない辛さが胴身にしみている。実入りがなければつぶれるしかないのは、診療所も剣道場も変わりない。

「おれに商法の骨子のなんたるかを説いたのは伝八郎じゃなかったのか」

これにには伝八郎も「ぐう」の音も出なかった。

道場の師範は年の功と人柄で、井手甚内しかあるまいと、三人の合議できめたが、甚内は無外流、平蔵と伝八郎は鐘捲流と流派がちがう。看板をどうするかで合議したが、これも、甚内の「流派にこだわることはない。剣術指南でいいではないか」というひと言でケリがついた。

ただし、甚内は当分のあいだ、明石町の寺子屋もつづけたいと言う。たかが子供相手の手習い塾とは言っても無責任なことはできないし、妻子持ちの井手家の家計を道場の弟子の月謝だけでは賄(まかな)いきれない。平蔵にしても医者という本業がある。そこで道場に常住し、日々、弟子に稽古をつけるのは伝八郎の役ということになった。

「それにしても、今日の伝八郎。いつもより乗っておるようですな」

「乗りもしようさ。なんでも、いい婿入り口が舞いこんだそうだからの」

「ほう、そりゃめでたい」

「これで矢部君にも春が来たというものだ」

「よし、それじゃ今夜はひとつ伝八郎を肴(さかな)に祝い酒といくかな」

「そりゃいい。わしも一口乗せてもらおう」

なにせ、伝八郎、いい男なのだが、これまであまりにも女に縁が薄かった。親友として、おおいに祝ってやりたいところだ。

「いやぁ、ひさしぶりにいい汗をかいた！」

伝八郎が上機嫌で見所にやってくると、どっかとあぐらをかいた。

「おい、圭之介がなかなか腕をあげてきた。ありゃものになるぞ」

雑巾のような手ぬぐいで首筋の汗をごしごしふきながら、道場の隅で黙々と木刀の素振りをつづけている檜山圭之介のほうを見てあごでしゃくった。

「おまえのほうも、ものになりそうか」

平蔵がにやりとしたが、伝八郎はこういうことには相変わらず、とんと鈍い。

「よせよせ、おれの腕は十年一日、ま、あがり目もなし、さがり目もなしというところかな」

「ばか。そっちのことじゃない。こっちだ、こっち」

小指を立ててると、やっと気づいたらしい。

「ん？　あ、ああ。あれか……」

途端に照れて、鼻の下をぐいとこすりあげた。

「ありゃ、まだ正式にきまったわけじゃない。ちくと話があっただけのことよ」

「話があったと言うからには、仲人を立ててのことだろう」

「うむ。母方の親戚に勘定吟味方の下役を勤めている御仁がいるんだが、その口利きだ」

「だったら、もうきまったようなもんだ。きさまに異論はないんだろう」

「異論はないが、なにせ、相手が勘定勝手方組頭の娘でな」

「ほう。勘定勝手方組頭といえば公儀財政を仕切る重い役目じゃないか。うまくこなせば出世にもつながる。またとないタナボタの良縁だぞ」

「そこだよ。頭が痛いのは……おれと算盤はどう見ても釣り合わんだろう」

「なに、習うより馴れろさ。算盤ぐらい、なんとかなる」

「そうかなぁ」

「矢部君、迷っちゃいかん」

甚内が真顔でたしなめた。

「なにごとも、一歩踏み込まなければ道はひらけませんぞ」

年の功か、おなじことでも甚内が言うと重みがある。

「踏み込み、か……」

「そうとも、井手さんが言うとおりだ。どうも、きさまは女のこととなると押しがたりん。目をつぶってでも手を出さんことには女は逃げてしまうもんだ」

「おい、これは婿入り話だぞ。女を口説くのとはちがうだろうが」

「なに、似たようなもんだ」

平蔵、いささか暴論にすぎるなと苦笑しながら、伝八郎を焚きつけた。

「ま、とにかくめでたい。今夜は前祝いといこう」

「おっ、いいな……」

笑み崩れて揉み手をしかけた顔が、ふいに不安そうな目になった。

「ところで、その、おれの前祝いというからには、勘定はそっちもちだろうな。おれは生憎、空っ穴なんだが……」

なんともしょぼくれた師範代どのではある。

「まかせておけ！　今夜は反吐が出るほど飲ませてやる」

平蔵、どんと伝八郎の背中をどやしつけた。

七

酒が入ると伝八郎は一変して生気をみなぎらせ、むやみと饒舌になった。

「なにせ、その娘は十八、九のころは紺屋小町と噂されたほどの美形でな。うん、十年たっても器量はいささかも衰えておらんそうだ。いや、それどころか胸乳のあたりもふっくら、腰まわりもぽってりしての……ふふふ、つまりは女盛りの色気がにじみ出てきたということだろうよ」

ひとり上機嫌で、あたりかまわず惚気まくっている。

肝心の娘を見たこともないらしいから、ふっくらも、ぽってりも伝八郎の勝手な思い込みの産物であることは言うまでもない。

道場とは目と鼻のところにある居酒屋である。さいごまで道場にのこって木刀の素振りをつづけていた檜山圭之介を誘ってくりこんだのだ。

この店は五坪ほどの入れ込みの土間があり、わきの壁ぎわに刀架けをおいた小上がりの席がついていて、間仕切りに煤けた屏風がおいてある。馴染みの小女は四人の顔を見るなり、いつもの隅の小上がりに案内した。

まだ時刻が早いせいか、土間でふたり連れの職人ふうの男が飲んでいるだけで、ほかに客はいなかった。

「つまりは、その娘御、いま二十八、九ということだな」

「ん？　うむ、ちょいと年増だが、なに、おれも年だからな。生娘などと贅沢を言える身じゃない」

伝八郎、妙なカラ笑いをして目をしょぼつかせた。

「年など問題じゃないが、生娘じゃないというと、その娘御は再婚ということか」

「ああ、聞いたところによると十年ほど前に一度、婿をとったらしいが、それがどういうわけか三年ともたずに不縁になってな。なに、婿が道楽者で外に女でもつくったか、舅や姑とソリがあわなかったか、そんなところではないかな」

「ふうむ。ま、相手が再婚だろうが、年増だろうが一向にかまわんが、不縁になったわけを仲人から一度ちゃんと聞いておくべきだな」

平蔵、ちょっぴり心配になってきた。

「あながち婿どのに問題があったときめつけるわけにもいかんのじゃないか」

「おいっ！　きさま、おれの婿入りにケチをつける気か」

伝八郎、眼がすわってきた。

「ばかを言え。おれはだな、親友として……」

「ははん、わかった。さては、おれがうらやましくなったんだろう。なにせ、きさまは目下のところ、おなごの肌に飢えておるからの」

「こいつ！　飢えているとはなんだ」

ふたりの剣幕に檜山圭之介がおどろいて、目を瞠（みは）っている。

「まぁ、ま、ふたりとも気を静められよ」

甚内がとりなし顔で苦笑した。

「吉事にケチをつけるわけではないが、夫婦が不縁になるには、なるだけのわけがあろう。それを仲人に確かめるのは決して失礼にあたらん」

　さすがは甚内、筋目の通ったことを言う。

「いざ、夫婦の契りをかわしてから後悔しても手遅れというものですぞ」

「ともかく、一度、その娘御と会ってみたらどうだ」

　平蔵、ここぞとばかりたたみかけた。

「俗に仲人口はあてにならんと言うぞ。紺屋小町がきさま好みのふっくら、ぽってりかどうか、両の目でとくとたしかめてこい。それに人柄も見定めねばなるまい。そうなると、きさまひとりじゃだめだな。兄者にでも同席してもらえ」

「なぜ、おれひとりじゃいかんのだ。ええ、婿に行くのはおれだぞ。なにも兄者をわずらわせることもなかろうが」

　これには平蔵も返事に困った。まさか伝八郎には女を見る目がないとは言いにくい。とは言え、なにせ、日頃から「ふくらむべきところがちゃんとふくらんでおれば文句は言わん」などと放言している男だ。ちょいと見てくれのいい女なら、途端に舞いあがってしまうのは火を見るよりあきらかである。

「ほら、囲碁でも傍目八目という諺があるだろうが。熱くなっている当人には見えんところも傍目には見えるもんだ」

「神谷どのが言われるとおりですぞ」

わきから、甚内が助け船を出してくれた。

「刀や箪笥などの道具類なら買いそこなっても買いかえればすむが、妻女はそうはいかん。じっくりと品定めなされたほうがよかろう」

なにやら骨董品の鑑定でもするような口ぶりになったが、

「それに矢部どのにしても、嫁女になるかも知れぬ娘御を一度は見ておきたいのではないかな」

この、甚内のひと言がきいた。

「う、うむ。それは、まぁ……」

急に伝八郎の目尻がやにさがってきた。現物に会ってみたいという本音がみえみえだった。

「な、そうしろ。きさま好みのふっくら、ぽっちゃりで、人柄がよけりゃ、あとは押しの一手だ。なんなら、ついでに舟宿にでも誘って抱いちまってもかまわん」

酔いが手伝ってか、平蔵も言うことが乱暴になってきた。

「無茶を言うな」

「なにが無茶だ。女のよさというのは、ほんとのところ添い臥しをしてみなければわからんもんだぞ」

「なんだ、えらそうに」

「おお、剣はともかく女のことなら、きさまよりはずんと苦労しているからな」

「なにが苦労だ。さんざん、いい思いをしやがって……」

「それを言うなら、これから、たっぷりと夜ごといい思いをするのはきさまのほうじゃないか。おあいこというもんだ」

「ん？　まぁな。うふっ、うふふふっ……」

伝八郎、なんともしまらない顔になった。

かたわらで檜山圭之介が吹き出しそうになるのを懸命にこらえていた。

八

四人が居酒屋を出たのは五つ（八時）ごろだった。

まだいいじゃないか、とごねる伝八郎をなだめすかして道場にもどり、渡り廊下つづきに建てた離れの一室にようやく寝かしつけた。

　万年布団に大の字になると、伝八郎はたちまち熟睡してしまった。雷公も顔色なしという大鼾である。

「この大鼾を夜ごと聞かされたら嫁御もたまらんでしょうな」

「ま、鼾で不縁になるということもないでしょう」

　ともあれ、この大鼾では伝八郎が憧れている新妻と朝まで添い寝する夢はかないそうもなかった。

　道場を出た平蔵は明石町の自宅に帰る甚内と別れ、圭之介と連れ立って十軒店(じっけんだな)の通りを乗物町のほうに向かった。圭之介の住まいは新石町の先の雉子(きじ)町にある。

　秋の涼気がほろ酔いの肌を心地よくなぶる。

「いいなぁ、神谷先生は医者という歴とした本業があって」

　ぼそりと圭之介がもらした。

「ばか。食うのがやっとの貧乏医者の、どこがいいんだ」

「いいですよ。やっとでもなんでも、自分で食えるというのはいいなぁ。わたしなんか矢部先生とおなじで、婿入り口がなければ一生、兄の厄介者ですからねぇ」

「よせよせ、いまからくよくよしてどうする。伝八郎はちくと年を食いすぎているから焦るのも無理はないが、圭之介はまだこれからという男の旬(しゅん)じゃないか」

「旬……ですか」

「そうとも、女なら番茶も出花の売りごろ、熟れごろというところだ」

なんだか、およしの周旋口上に似てきたかなと気がさしたが、

「それより、おまえの剣は見所がある。二、三年みっしり研鑽(けんさん)をつめば、免許はまちがいなくとれるだろう」

「ほんとうですか」

「ただし、その上を望むとなると、竹刀稽古や木刀の素振りだけではだめだ。まずは真剣を振ることだな。真剣は重さもちがえば、刀身が走る疾(はや)さもまるでちがう。刃が大気を切り裂くのがわかるようになればほんものだ」

「刃が大気を、ですか……」

「おまえ、剣を極めるのはなんのためだと思う」

「それは……いざというとき、ものの役に立つ武士になるためだと思いますが」

「もってまわった言い方をするな。剣は人を斬るためにある。いざというとき、ためらいなく人を斬れるかどうか、武士の本分はこれにつきる」

圭之介はしばらく声を失った。日頃、剣を学んでいても、人を斬るための修行だという意識はあまりなかったからである。

「先生は……人を斬ったことがあるんですか」

「ある。なければこんなことは言わん」

「…………」

「だからと言って、刀はめったに抜くなよ。抜かずにすませれば、それに越したことはない。……が、どうでも抜かねばならんときは迷うな。迷えば斬られる。抜くときはためらわずに斬る。武士の覚悟はそれにつきる」

「覚悟……ですか」

圭之介がつぶやいたときである。前方の路上に人影が湧いて出た。

人影は全部で四人、いずれも浪人らしき侍だった。ひとりは三人の背後にひかえている。上背（うわぜい）も、肩幅もある。身形（みなり）は四人のなかでも際立ってみすぼらしい。

（あやつ⁉）

昼間、蕎麦屋で見た三人連れのひとり、襤褸（らんる）の浪人だった。

三人の浪人はあきらかに殺気をみなぎらせてぐんぐん近づいてくる。ただの辻斬りではない。あの襤褸の浪人がいるということは、平蔵の帰途を待ち伏せしていたにちがいないと直感した。

「……先生！」

圭之介の声が切迫した。

「やつらの目あてはおれだ。おまえは手を出すな」

平蔵は右手で圭之介をさがらせながら、左の親指で刀の鯉口を切った。

その気配を察知した三人の浪人が、いっせいに刀を抜いて近づいてくる。

相手が何人だろうと、相手も同士討ちを避けようとするから、当面の敵はひとりにしぼることができる。

ふいに左端の浪人に殺気がほとばしった。青眼にかまえ、じりっと踏み出してきた爪先が、ずいと間合いに入った。すかさず平蔵は躰を沈め、浪人の左側を駆け抜けた。駆け抜けながら、抜き打ちざまに浪人の胴を撥ね斬った。腰をひねって刀を抜くとき、鞘の鯉口から剣先が撥ね出す。その撥ね出す疾(はや)さを刀刃(とうじん)に乗せて斬るのが抜き打ちである。抜き打ちは片手斬りになる。膂力ではなく刃の鋭利を生かすため刀身を薙(な)ぐように斬った。

刀は鋒(きっさき)三寸下の物打ちで斬れと言う。物打ちとは刀に反りがついて、斬れ味がもっとも鋭利なところだ。

平蔵が片手で抜き打った刀身はガラ空きになった浪人の胴を深ぶかと斬り割り、鋒が鋭く撥ね抜けていった。つんざく悲鳴を背中に聞き流した平蔵は、斬りあげた刀刃をそのまま返し、左手を柄頭に添えると、刀を振りあげかけた真ん中の浪人の肩口を袈裟がけに斬りおろした。腕の橈骨を両断した刀身が、そのまま肩甲骨を斜すに斬り割り、肋骨を存分に断ち斬った。

浪人は刀を青眼にもどす間もなく、刀をもった両腕もろとも右肩から斬りおろされ、断末魔の声を発した。がくんと膝を折り、ゆっくりと路上に倒れこんだ仲間を見て、右端にいた浪人が、狂ったような叫び声をあげ、五、六間うしろにいた圭之介に殺到していった。

刹那、圭之介の躰が低く沈みこんだ。

キラッと圭之介の腰間から刃が走ったかと思うと、斬りかかっていった浪人の躰が前のめりになって路上にぶっ倒れた。そのあとにスパッと膝頭の下から斬り離された右の足が、まるで別の生き物のようにヒクッヒクッと痙攣しながら転がっている。得意の脛打ちが無心のうちに出たのだろう。

圭之介は残心のかまえから刀刃をもどしながら、蒼白になった顔を平蔵に振り向けた。顔はかすかに引きつっていたが、おどろくほど落ち着いていた。

それを見届けた平蔵は、ひとり残った襤褸の浪人に向きなおった。

間合いは、ざっと五間（九メートル）、浪人はまだ刀の柄にも手をかけていない。

「どうやら、ただの辻斬り強盗ではなさそうだ」

平蔵は血刀を手にぶらさげたまま、たたずんでいる襤褸の浪人を見すえた。

「貴公とは何度か会っている。近頃めずらしい武士らしい武士だと思っていたが、なぜ、こんな真似をする」

一瞬、浪人の顔に苦渋の色がよぎった。

「おれを神谷平蔵と知ってのことだな」

襤褸の浪人は静かに刀の柄に手をかけた。

「佐治一竿斎の道場で早くから剣才を嘱望されていたそうだが、さすがだな」

まばたきもせず平蔵を見すえながら、襤褸の浪人は腰間の剛剣を抜き放った。

「むろん、貴公にはなんの遺恨もないが、食いつなぐためにはやむをえぬ。痩せ浪人の金ほしさの辻斬り、そう思ってもらって結構だ」

「あんたを雇ったのは、あの頭巾の主だな」

それには答えず、襤褸の浪人は無造作にずかずかと間合いをつめてきた。

手にした剛剣はだらりとぶらさげたままである。どうやら一気に勝負をきめるつもりらしい。平蔵は左足を踏み出し、鋒を右上段にすりあげた。

間合い三間で浪人は足をとめ、じりじりと鋒を右にすりあげはじめた。

それに応じるように平蔵は鋒を返し、左下段におろした。

浪人から凄まじい殺気が噴きつけてくる。平蔵はすこしずつ左にまわりこんでいった。同田貫と思われる剛剣と、まともに刃をあわせるつもりはなかった。刃をあわせれば、こっちの刀身が折れかねない。その愚は避けたかった。

ただ一撃に懸(か)けるしかない。

対峙(たいじ)のときが流れた。浪人は右上段にかざした鋒をかすかに動かしつづけている。筋肉の硬直を避けるためだろう。眼(まな)ざしには微塵の怯(ひる)みもない。あきらかに人を斬ったことのある眼ざしだ。

平蔵は鋒を右下段に向けたまま、肩の力を抜いていた。対峙がつづけば上段にかまえている浪人のほうが膂力に疲労がたまる。むこうが動くまで平蔵は待ちつづけるつもりだった。

対峙が四半刻(しはんとき)（三十分）もつづいたころか、一陣の突風が路上を鋭く吹き抜けた。

それを待っていたかのように、浪人は一気に間合いをつめ、右上段から袈裟がけの剛剣を振りおろしてきた。その直前、平蔵は浪人の左側をすり抜けざま、脇から斜すに斬りあげた。平蔵の耳元を刃唸りがかすめ、右の袖が斬り裂かれたが、平蔵の剣は存分に浪人の脇を斬りあげていた。振り向きざま、平蔵の目は右肩から崩れるように突っ伏す浪人の姿を見届けていた。

「……先生」

駆け寄ってきた圭之介が、目を瞠った。

「右の……右腕が」

斬り裂かれたのは袖だけではなかった。右上腕の肉が薄くそぎとられていた。

圭之介が素早く手ぬぐいを出し、平蔵の傷口に巻きつけようとしたが、

「無用！」

圭之介の手をはらいのけ、平蔵は路上に突っ伏した浪人を見た。

とめどなく噴きだしてくる血が黒ぐろと路上を染めつつあった。浪人の肩が大きく波打っている。まだ息はあるが、戦う余力は残ってはいないようだ。

平蔵は通りの薄闇に目を凝らした。

彼方にたたずんでいる、いくつかの人影が見えた。圭之介も気がついたらしい。いまにも駆け出しそうな勢いで平蔵を見た。

「先生！」

「やめておけ」

「しかし……」

「仕掛けてくるものなら、とうに仕掛けてきている。追いかけてまで斬りあうことはない」

「わかりました」

そのとき、しぼり出すような声が地を這った。

「……神谷どの」

路上に顔を押しつけたまま、浪人がすがるような眼ざしを向けている。

「頼みたいことがある。……虫のいい話だが、聞いてもらえぬか」

懸命に顔をよじって平蔵を振り仰いだ。すでに浪人の剛剣は握力をなくした手から離れ、路上にむなしく転がっている。

「いいだろう。……どんな頼みだ」

襲撃者にはちがいないが、なぜか、この男を憎む気になれなかった。

平蔵は剣を手にしたまま、片膝をついた。

「浅草の……鳥越町の……長次郎店に……」

口が乾いてきたのだろう。浪人は唇を舌でしめらせながら掠れ声でつづけた。

「ゆきの……という女がいる」

「ご妻女、か……」

無言でうなずいた浪人は、左手で懐を探り、

「こ、これを……届けてやってくれぬか」

ずるずると薄汚れた胴巻きをひきずり出した。

「この金がないと……あれは生きてゆけぬ」

「わかった。しかと預かろう」

手をのばしてうけとると、ずしりと持ち重りがする。あらためてみると、小判で十五両入っていた。襤褸の浪人には、あまりにも不似合いな大金だった。

「わしの……命と引きかえにした金だ。そう、あれに伝えてくれ」

浪人は血の気のなくなった頬に自嘲をうかべた。

「ずいぶん……安い命だが……これが、今の、わしの身の丈というものだろう」

浪人は頬に薄い笑みを刻んだ。

「みごとだった、鐘捲流。……いますこし、早く貴公と会っていれば、こんな」

言いさした浪人の口から、ふいにごぼっと血が噴き出した。

「おい！」

「た、頼みいる……」

カッと双眸を見開くと、浪人は瞼をとじた。

できれば斬らずにすませたかったが、そんなたやすい相手ではなかった。

苦い思いを嚙みしめながら平蔵がゆっくりと立ちあがったとき、御用提灯の灯りがふたつ、飛ぶように駆けてくるのが見えた。町方の同心か、岡っ引きだろう。

とっさに平蔵は渡された胴巻きを懐にねじこみ、

「いいか、圭之介。われらは辻斬りにあったと言いとおせ。よいな」

「わかりました」

いつの間にか、彼方からようすをうかがっていた人影は消えていた。

平蔵は懐紙をとり出し、丁寧に血刀を拭った。刀は鏡とおなじで血を吸うことはない。血が凝固する前に拭えばきれいに落ちる。ただ、骨を断ち斬れば刃こぼれすることがある。

「圭之介。念のためだ。明日にも研ぎに出しておけよ」

「はい」

圭之介はうなずきかけて、

「おどろきました。……斬ったという手応えはまるでなかったんです」

平蔵は無言でうなずいたが、内心、舌を巻いていた。圭之介の斬撃は、とても、はじめて人を斬ったとは思えない、みごとなものだったからである。それは教えて身につくものではない。天性としか言いようのないものだった。

「おまえは……もしかしたら、生まれてくる時代をまちがえたのかも知れんな」

「どういうことです」

「なに、わからなければいいさ」

「はぁ……」

圭之介は首をひねっている。

「……安い命、か」

第二章　目撃者

一

女は破れ畳におかれた、ボロ布のような胴巻きとは裏腹にまばゆいばかりの輝きを放つ十五枚の小判に目を落としたまま、まばたきひとつしなかった。

色白のこまやかな肌理(きめ)をしていたが、頬の肉はそげ落ちて薄い。髪結い床に行くゆとりなどなかったにちがいない。髷(まげ)はくずれ、ほつれ毛が侘しく頬にまつわりついている。

もともと細面らしい。やつれて見えるのは貧しさと、一晩中、帰らぬ夫を待ちつづけていた不安が重なったせいだろう。

きちんと正座した女の腿の肉はそれなりに厚みがある。ただ、双眸はうつろで、眼ざしは底の知れない絶望の渕をのぞきこんでいるように見えた。

平蔵が伝えた衝撃があまりにも大きかったにちがいない。

それを思うと、平蔵はやりきれなかった。やむをえなかったとはいえ、おのれの業の深さを思わないわけにいかない。

昨夜、帰宅してから胴巻きをあらためてみると、三年前、幕府から取りつぶされた北陸の某藩の関所手形が入っていた。

平蔵が斬った浪人の名は向井半兵衛、妻の名は雪乃としるされていた。

半兵衛は平蔵より二歳年上、雪乃は四歳年下で、今年二十六歳になるらしい。

「雪乃どの、と申されたな」

「……はい」

雪乃はようやく顔をあげた。気を張っているのだろう。声に乱れはなかった。

着衣は夫の襤褸より、はるかに惨めなものだった。継ぎ接ぎして原形をとどめていないボロ衣を羽織らしきもので隠している。

「いきさつはどうであろうと、それがしが向井半兵衛どのを斬ったことに変わりはない。その憎しみは甘んじておうけする。存分に恨まれるがよい」

「いいえ。主人がいたしたること、斬られて当然の仕儀かと存じます」

微塵のよどみもなく、雪乃はきっぱりと言い切った。

「あなたさまに遺恨はないと申した主人の言葉に偽りはございません。おそらく主人も、万一を覚悟のうえで刺客を引きうけたにちがいありませぬ」

雪乃はきゅっと唇を噛みしめた。

「主人に刺客などというまわしい仕事をさせたのは、あの頭巾の侍に相違ありませぬ」

「頭巾、の……」

思いがけない言葉がこぼれ、平蔵はまじまじと雪乃を見つめた。

「三日前のことでございました」

ひとりの見知らぬ侍が、向井半兵衛を訪ねてきたという。

半兵衛は面識があったらしく、その侍と表で二言、三言かわしただけで、すぐに連れだって出かけたが、そのときの半兵衛のようすに雪乃はなにやら妙に胸騒ぎをおぼえ、長屋の木戸まで見送ったところ、木戸の外に頭巾をかぶった武家がひとり待っていたという。その日、半兵衛は半刻（はんとき）あまりたってから帰宅したが、頭巾の侍のことを聞くと、それには答えず、もしかしたら仕官（しかん）の途（みち）がかなうかも知れぬと話をそらせてしまったという。

「仕官、の途が……」

「いいえ」

雪乃は力なくかすかに首を横にふった。

「主人の目を見ただけで、その場逃れの口実だとすぐにわかりました。でも、それを咎めることはできませんでした。炊ぎの糧をなんとか工面したいと主人が焦っていたことを知っておりましたから……」

そう言うと、雪乃は両手で顔をおおった。

あらためて悲しみがこみあげてきたのか、肩がふるえていた。

「それ以上、申されずともよい」

長いあいだの浪人暮らしにむしばまれていった向井夫婦の貧苦が手にとるようにわかる。聞いている平蔵までが辛くなってきた。

だが、雪乃は武家の妻女らしく、気丈だった。顔をおおっていた手を離すと、きっとした目で平蔵を見た。

「主人に刺客を託したのは、わたくしが見た、あの頭巾の侍にちがいありませぬ」

きっぱりと断言すると、胴巻きの上におかれた十五両の小判に目を落とした。

「たった、十五両の金子で……主人は……」

雪乃の目にはじめて憎悪が噴きあげた。

「わ、わたくしのために……主人は……主人は」

絶句した雪乃の双眸に大粒の涙が堰（せき）をきったようにあふれた。

涙は肉のそげた頬をつたい、きちんとそろえた膝に音もなくこぼれ落ちた。

「たった、と申されては、向井どのも立つ瀬がありますまい」

最期の息をふりしぼって訴えかけた半兵衛の顔が、平蔵の脳裏をよぎった。

「その金子（きんす）は、向井どのが命と引きかえに手にされた、いわば命金ですぞ」

「は、はい。……それは、もう」

また涙があふれてきた。雪乃には十二分にわかっているのだ。それでも、なお、嘆かずにはいられない、その雪乃の気持ちは痛いほどわかる。

だいたいが、この女の夫を手にかけた当の本人が言う筋合いのことではない。

「……うっ！」

ふいに雪乃が身をよじって苦悶しはじめた。腹を両手でかかえ、額に脂汗をにじませ、声も出ないようすだ。一目で癪（しゃく）の発作だとわかった。癪は女に多い病いで、死ぬことはまずないが、その痛苦は劇（はげ）しく、卒倒することもある。

平蔵は海老のように背を曲げて苦悶している雪乃の背後にまわると、両の親指で脊椎のツボを探り、力をこめて押しはじめた。

「はじめに申したように、わたしは医者だ。まかせておきなさい」

「は……はい。申しわけ……ございませぬ」

そう言うのが精一杯だった雪乃が、しばらく平蔵の指圧に身をゆだねているうちにらくになってきたらしい。切迫していた息遣いが、落ち着いてきた。

それにしても背肉が薄い。とても二十六歳の女の肉付きではなかった。

ただ、脂がついていないだけにツボに指が入りやすい。脊椎から骨盤にかけて指圧をつづけた。骨も細く、おどろくほど華奢（きゃしゃ）な躰だった。

「ありがとうございます。もう……らくになりましたゆえ」

背を起こしかけたが、まだ筋肉が弛緩していない。

「いや、あとすこし我慢なされ」

なおも平蔵が指圧をつづけていると、硬直していた雪乃の躰がやわらかくほぐれてきた。一度、大きく肩で息をした雪乃は、急いで身づくろいをした。

「ほんとうに助かりました。なんとお礼を申しあげてよいやら……」

平蔵は腰に吊した印籠（いんろう）と瓢箪をはずすと、印籠に常備してある丸薬三粒を瓢箪の水で飲ませた。印籠は常に持ち歩くことにしているが、瓢箪は日盛りに出かけるとき水をいれて持って出る。夏、瓢箪に入れた水は持ち歩いているあいだもぬるくならず、喉をうるおすと絶妙の甘露になる。

「この丸薬は癪の妙薬でしてね。これを飲んでおけば、当分のあいだ、発作は起こらんでしょう」

そう言うと平蔵はまっすぐに雪乃を見すえた。

「どうやら雪乃どのの癪は胃ノ腑からきているようだ。まず、弱っている胃ノ腑を治さなければ、また発作が起きる」

「治す、と申しましても……」

「そのことなら心配はいらん。わたしが薬を調合して届けよう。それをきちんと飲めばかならずよくなります」

平蔵は印籠と瓢箪を帯にもどしながら、たしなめるように雪乃を見た。

「とにかく、まず、ちゃんと食をとることです。診たところ、ほとんど食事をしておられなかったようだが……」

「いえ……日に、一度は」

消え入るような声だった。

「日に、一度……」

二十六歳の女が、日に一食では肉がつくわけがない。

それにしても、夫の向井半兵衛は身形こそ襤褸だったが、筋肉はけっしてそげていなかった。むしろ、なまじな侍よりも逞しい筋骨をもっていた。

「そなた、自分の炊ぎを削ってご亭主に食べさせていたのではないか」

虚をつかれたのか、雪乃はびくりと顔をあげたが、

「いえ、そのような……」

弱々しくかぶりを振ると、目を伏せた。

「わたくし、もともと食が細いほうでしたから……」

「もうよい。なにも申されるな」

ふいに平蔵は猛然と腹がたってきた。むろん、向井半兵衛に、である。

半兵衛は妻が夫に食べさせるためおのれの食を削っていたことに気づいていなかったのか、もしくは気づいていたが、剣客としての筋骨を保持するためにあえて妻の心遣いに甘えていたのか。

いずれにせよ、あまりにも身勝手すぎる。そのあげく、いかがわしい刺客を引きうけ、命を懸ける。半兵衛にとって死は覚悟のうえかも知れないが、残された妻はどうなるのだ。十五両は大金だが、一年食いつなぐのがやっとだろう。

見たところ内職をしているようすもない。おそらくは江戸に出てくるとき、家

財を整理して手にした所持金でほそぼそと食いつないでいたのだろう。

手に職のない武士の妻が、十五両の金を使いはたしたときは、岡場所にでも身を沈めるしか生きる道はない。そういうことを半兵衛は考えていたのか、と悲憤せずにいられなかった。

あれだけの躰があれば、公儀が貧民の救済事業にしている埋め立て工事で、砂利運びの人夫をすれば一日三百五十文にはなる。この九尺二間の裏長屋なら、夫婦ふたり、家賃を払っても、飢えずに暮らすことはできたはずだ。

それぐらいのことは半兵衛にもわかっていたにちがいない。

だが、そうしなかったのは半兵衛が武士にこだわりつづけたかった。それだけのことだ。この泰平の世に仕官の口などめったにあるものではない。そういうことも半兵衛はわかっていたはずだ。わかってはいても、武士を捨てられなかったのだろう。その半兵衛の心情は、平蔵にもわからなくはない。

モッコをかついで砂利運びをしていれば武士の矜持（きょうじ）も泥にまみれる。武士として生きてきた半兵衛に、それは耐えられぬことだったのだろう。また、耐えたとしても、いつか気持ちが荒み、夫婦仲にヒビが入らないともかぎらない。

それを恐れたからこそ、雪乃は食を削ってでも、夫に武士でありつづけてほしいと思ったのかも知れない。

そう思ううちに、平蔵の悲憤は次第に潮が引くように薄れてきた。

武士が市井に身を埋めることのむつかしさは、平蔵も胴身にしみている。医者という生業の途をもっている平蔵でも、いまだに武士をひきずっている。

向井半兵衛を責めることはできなかった。

平蔵は太いためいきをついた。

「雪乃どの。俗に医食同源と言う。まずは、食うことです」

平蔵は懐に用意してきた一分銀を八枚とり出し、胴巻きの十五両に重ねておいた。

「これは……」

「お門ちがいかも知れぬが、半兵衛どのへの供養と思ってもらえばいい」

「いいえ、そのような！」

「遠慮ならご無用。これは、半兵衛どのの最期に立ち会った者として、せめてもの供養の金子です。受けとってもらわねば、ここに捨てておいてゆくまでのこと」

「でも……」

「雪乃どの。まず、これからは武士の妻という矜持の衣を捨てられよ」

平蔵はいたわるような眼ざしを雪乃にそそいだ。

「この江戸という街は、万事が金で動くところです。この街で生き抜いてゆくには、まず、その弱った躰を丈夫にし、そなたができる生業の途を探さなければならん。いつまでも武士の妻という気持ちをひきずっていては、生業の途を探すのもむつかしくなります」

言いさして平蔵、照れ隠しにつるりと顔を撫ぜた。

「いかん、いかん。……どうも、柄にもない、えらそうな口をききすぎたな」

「いいえ」

と雪乃は、ゆっくりと顔を横に振った。

「主人が死の間際に、この胴巻きを神谷さまに託した気持ちがわかったような気がいたします」

「いや……」

おそらく半兵衛としては、手近に頼める者がいなかっただけのことだろうと思ったが、

「とにかく、小判では当座の用にはちと具合が悪かろう。まずは、この銀で米を買い、胃ノ腑をみたしてから、古手屋で身形をととのえられるがよい」

日常、通用するのは小粒銀か文銭で、小判など見たこともない者さえいる。うっかり小判を使ったりしようものなら、岡っ引きに小判の出所をつつかれるのが落ちだ。まして、女の雪乃がボロをまとい、小判などもって計り売りの米や菜を買いにいけば、どんな目で見られるかわかったものではない。

「なにから、なにまでお気遣いをいただいて、お礼の申しようもございませぬ」

雪乃は居住まいをあらため、深ぶかと頭をさげた。

「い、いや……」

いきさつはともあれ、夫を斬った男が、その妻から礼を言われる。

平蔵、なんとも居心地が悪く、尻がむずむずしてきた。

二

日本橋川の川筋に沿った本舟町に店をかまえる山城屋は、京呉服をおもにあつかう老舗である。西陣織りに豪華な刺繍をほどこした帯や、綸子の打掛け、元禄時代からもてはやされだした友禅染めの着物、結城紬や上田紬などの、下町の庶民が一生手にすることはない高価な呉服ばかりを商う。

顧客は千代田城の大奥、大名家や大身旗本の奥向き、それに高位の僧侶がほとんどで、裏では大名家や旗本相手の金融業もしているという噂だった。

十月初旬のことである。三日前から降りだした霖雨（りんう）が、夜になっても一向にやむ気配はなかった。こういう日はだれもが、すこしでも早く家路につきたくなる。いつもなら暮れ六つの鐘が鳴っても人通りが絶えることのない本舟町の通りも、薄闇がせまるころには銭湯に行く人も見られなくなってしまった。

夜の五つ（八時）すぎ、山城屋の木戸を激しく叩く音がした。

下男が寝ぼけ眼で起き出し、脇戸の覗き窓から外を見ると奉行所の御用提灯がいくつか見えた。提灯の灯りは雨足に煙っていたが、黒い塗り笠をかぶり、紋付き羽織に袴をつけたいかめしい武士が、朱房の十手をもって立っている。

「御用の筋だ。この家に曲者が逃げこんだ形跡がある。急ぎ戸をあけよ！」

高飛車にきめつけられ、下男は肝をつぶした。

「は、はい！　た、ただいま」

下男があたふたと脇戸をあけた途端、ずいっと踏みこんできた侍が抜き身の鋒（きっさき）でずぶりと下男の胸を仮借なく刺しつらぬいた。

声を立てる間もなく土間に崩れ落ちた下男の胸から血しぶきが噴き出した。

たちまち十数人の侍がつぎつぎに脇戸をぐって土間に踏み込んできた。

最後にゆっくりと傘をすぼめながら土間に入ってきた侍は、すっぽりと山岡頭巾で顔を隠していた。軽衫(かるさん)に鹿のなめし皮らしい袖なし羽織を着ている。

この男が一団の侍の頭領であることはあきらかだった。

傘をひと振りして水を切った頭領の「かかれ」の合図に、十数人の侍はいっせいに店の奥に踏み込んでいった。

御用提灯を手にした頭領は、死にきれずに土間を這いずっている下男の首に刃をあて、無造作に血脈を切り裂いた。みるみる噴血が土間にひろがり、黒い血溜まりをつくった。頭領は懐紙で刃をぬぐうと鞘に収め、御用提灯をかざしながら悠然とした足取りで奥に向かった。あちこちで悲鳴や、叫喚がはじけていたが、それもすぐさま収まり、優雅な反物や帯であふれる山城屋を不気味な沈黙が支配した。

やがて猿轡(さるぐつわ)をかけられた奉公人たちが後ろ手に縛られたまま、奥の広間に追い立てられてきた。広間に入るなり、うつぶせにさせられ、足首に縄をかけられた。

広間で待っていた頭領の前に、主人の山城屋伊兵衛が引きたてられ、足首に縄をかけられた。

「そのほうが山城屋伊兵衛だな」

伊兵衛は猿轡をかけられたまま、力なくうなずいた。

頭領は頭巾の下から嘲るような目で伊兵衛を見おろした。

「こたび、上様お手元不如意につき御用金五千両を申しつける。相わかったか」

まるで市川団十郎が芝居小屋の花道で大見栄でも切っているような、ふざけた口上である。大公儀が商人に御用金の献上を命じることはあっても、商家に押し入り、金品を脅しとるということをするはずもなし、芝居がかった口上は悪ふざけと言うしかない。

十日ほど前、阿部川町の和泉屋に押し入り、家人を皆殺しにした獺祭（だっさい）強盗のことが山城屋伊兵衛の脳裏をよぎった。おそらくは同じ一味、と思ったとき、伊兵衛の双眸に絶望の色がにじんだ。

ついで二十歳前後の娘が引ったてられ、頭領の足元に突き転がされた。

猿轡をかけられた娘は恐怖に駆られて、狂ったように山城屋伊兵衛のほうに駆け寄ろうとした。

「騒ぐでない！」

頭領は低い声で一喝すると、爪先で娘の足をすくった。

尻餅をついて転倒した娘の蹴だしがまくれあがり、裾前が割れた。

「この女が跡取り娘の美代だな」

どうやら、山城屋の内情は知り抜いているらしい。

頭領は大刀を抜くと、娘の咽首に鋒（きつさき）を突きつけた。

「さてと山城屋、まずは金蔵の鍵を出してもらおう」

山城屋伊兵衛は肩を大きく波打たせると、はげしく顔を横に振った。その双眸に憎悪の炎がきらめいている。金が命の商人の意地なのだろう。

「ほう、娘より金が大事と見ゆる」

ゆったりとうなずいた頭領の双眸がきらりと光った。

「ならば、この娘の新鉢（あらばち）、わしが賞味してくれようぞ」

娘の寝衣の腰紐を切りはらった。娘は恐怖に身をすくめ、背をまるめ、懸命に父親に這い寄ろうとしたが、ふたりのあいだに頭領の足が割って入った。

「往生際の悪いことよ。わしが極楽往生させてくれようぞ」

頭領は娘の足首を鷲づかみにした。

「父親といえども娘の毛饅頭は見たこともあるまい。とくと観賞するがよい」

力まかせに娘の片足を宙に吊りあげた。娘はうめき声をあげ、もがきにもがいたが、もがけばもがくほど秘所があらわになる。ついには咽ぶような啜り泣きを猿轡の下からもらしはじめた。

「う、ううぅっ！」

山城屋伊兵衛はたまりかねたように膝頭をよじり、頭領ににじり寄った。

「やはり、娘は可愛いか」

伊兵衛は瞼をとじ、観念したようにうなずいた。

「さも、あろう。そうでのうては人の道にはずれた犬畜生というものよ」

吊りあげていた娘の足を投げだし、カラカラと乾いた笑い声をはなった。

「よし、まずは山城屋の金蔵の小判、どれほどのものかあらためてくれよう」

伊兵衛から金蔵の鍵のおき場所を聞き出した侍たちは機敏に行動を起こした。

このとき、頭領の背後にある押し入れの襖の合わせ目に五分弱（一センチあまり）の隙間があいていることに気づいた者はひとりもいなかった。

三

四日間、降りつづいた霖雨がようやくあがり、青空がひろがってはいたものの、水溜まりが往来をふさぎ、道は泥田のようにぬかるんでいる。

差配の六兵衛から借りてきた荷車を曳きながら神谷平蔵は、げんなりしていた。

（これじゃ、まるで夜逃げだな……）

なにしろ荷車には古道具屋も顔をしかめそうな古簞笥、釜や土鍋や七輪に火吹き竹などの台所道具、味噌樽から糠漬けの樽、火鉢に五徳、縁のかけた飯茶碗に、塗りのはげた汁椀や箱膳、掻い巻き布団のあいだに鏡研ぎに出さなければ顔が映りそうもない手鏡と、ひと振りの白鞘の大刀がくるんである。半兵衛は無銘だが先祖伝来の刀だと言って簞笥の底にしまいこみ、ふだんは胴田貫を愛用していたということだった。この刀のほかはおよそガラクタとしか言いようのない所帯道具を積みこんだ荷車に荒縄がかけてある。

手ぬぐいを姉さまかぶりにした雪乃が、肩から腰紐を襷がけにして懸命に後押しをしていた。どこから見ても食いつめ者の夜逃げといった格好だ。

（なんだって、こんな羽目になったんだ）

平蔵、思わずためいきが出た。半兵衛が託した十五両の小判を届けにいった六日前、雪乃は見るも痛ましいほどやつれていたが、平蔵の指圧がきいたのか、投薬がきいたのか、三日とたたぬうちに血色がよくなり食もすすむようになった。

ひさしぶりに銭湯に行って垢を洗い落とし、髪結い床にも行ったという雪乃を見たとき、平蔵は変貌ぶりにおどろいた。

（女は化けるとは、よく言ったものだ……）

平蔵が香典においてきた二両の粒銀が、雪乃に生気をよみがえらせたのである。

半兵衛の命金とも言える十五両の小判のうち、三両を平蔵が両替商にもちこんで一分銀、二朱銀、文銭など、使いやすい小銭に両替してきてやると、雪乃は古手屋に行って、こざっぱりした秋冬物の着物を買いもとめてきた。綿の普段着ばかりだったが、どれも色柄に品があり、それなりに見られる着物ばかりだった。

そのあいだに平蔵は差配の六兵衛に武士の後家がひとり暮らしできる住まいをと頼みこんだところ、六兵衛はなにを勘違いしたのか、妙に気負いこんで奔走してくれた。そして昨日、新石町からほど近い鍛冶町にぴったりの家を見つけてきてくれたのである。それも長屋ではなく、こぢんまりしたしもた屋だった。

六兵衛の話によると、木場（きば）の問屋が家主で、こぎれいに住んでくれる人なら家賃は一貫五百文でいいという。間取りは六畳二間に四畳半の台所と、平蔵の住まいより一畳半も広い。おまけに猫の額だが五坪ほどの庭までついている。

「これで、おれとおなじ家賃か」

思わず文句を言いたくなったが、さすがにそれを口に出すのはミミッチィと、ぐっと我慢した。おまけに六兵衛は鍛冶町には読み書きの手習い塾がないから、雪乃にやらせてみたらどうかと、入れ知恵までつけてくれた。

雪乃はその家を一目見るなり気にいって、早速にも引っ越したいと言う。こうなったら乗りかかった舟で後へは引けない。平蔵が身元引受人になって日割りの家賃を払い、雨あがりを幸いに今日、引っ越すことになったのである。

引っ越しといっても、さして手間はかからなかった。

長屋の住人が手を貸してくれたおかげでアッという間に家財を荷車に積みこむことができたが、雪乃が近所への挨拶まわりのとき、平蔵を遠縁の者だと言っておいたにもかかわらず、口さがない女たちは、

「よかったわねぇ。いい人がめっかって……」

「今度こそ幸せにおなりよ」

などと、まるで平蔵が雪乃の新しい亭主ときめこんでいるようなことを言う。

鳥越町から荷車を引っぱってくる途中も、往来の人びとは真っ昼間の夜逃げ夫婦でも眺めるような奇異の目を向ける。なかには露骨に軽侮（けいぶ）の眼ざしを投げかけ、袖引きあって忍び笑いをかわす娘たちもいた。荷車が道の窪みでかしぐたび、釜

のなかにいれておいた茶碗や小鉢がぶつかりあってカチャカチャとみじめったらしい音を立てる。噴き出してきた汗が目にしみるが、荷車をとめて拭く気にもなれない。一刻も早く鍛冶町にたどりつきたい一心で平蔵は荷車を曳きつづけた。

鍛冶町のとっかかりにさしかかったとき、檜山圭之介が駆けつけてきた。

昨日、圭之介にだけは、雪乃とのいきさつの一部始終を話しておいたのだ。

ホッとして荷車の梶棒を圭之介にかわってもらい、ひと息ついて額の汗をぬぐったとき、むこうから恰幅のいい伝八郎が肩をそびやかしてくるのに気づいた。

「おい、あいつにしゃべったのか」

「すみません。なにやら神谷先生に用があるとおっしゃるので、つい」

荷車を曳きながら圭之介がぺこりと頭をさげた。別に隠すほどのことでもなかったが、伝八郎は女のこととなると妙に勘繰る癖がある。

「水臭いぞ、神谷。おれに隠しだてするとは怪しからん」

案の定、伝八郎は文句を言いながら、目は車の後押しをしている雪乃をすばしっこく観察していた。

「ほう。これが例の辻斬りのご妻女か」

のっけから無神経なことを言う。

「まったく、きさまは……」

目にものを言わせて睨みつけると、

「あ、こりゃいかん！　ご妻女にはなんのかかわりもないことだからの、はっはっはっ。なに、それがしは神谷とは竹馬の友の矢部伝八郎と申してな。ま、いわば尻の穴まで知りつくした仲でござるよ」

あっけらかんとした伝八郎の人柄に雪乃も気がらくになったか、

「雪乃と申します。このたびは神谷さまにお気遣いをいただきまして……」

姉さまかぶりをとって丁寧に挨拶した。

「いやいや、お気になさることはござらん。なにせ、神谷は人を助けるのが稼業の医者でござるゆえな。ことにおなごの面倒見は得意中の得意、な、神谷」

張り倒してやりたくなったが、ぐっとこらえて、

「きさま、おれに用があるらしいと圭之介に聞いたが、なんの用だ」

「ま、ま、それはあとでよい。あとで……さ、引っ越し、引っ越し！」

妙に張り切り、手に唾つけて荷車の後押しにかかった。

四

口は無神経だが、いざとなると骨身を惜しまないのが伝八郎の身上である。

伝八郎が先頭に立ってオンボロ家財の運びこみを手伝ってくれたおかげで、四半刻（三十分）とたたぬうちに荷物は片付いてしまった。

前もって圭之介が掃除をしてくれてあったので、オンボロ家財も収まるべきところに収まってみると、不思議に格好がつく。

「なかなかよい家ではないか。平蔵の診療所より、ずんと落ち着くの」

伝八郎はどっかとあぐらをかいて雪乃が淹れてくれた番茶をすすりながら、まるで自分が借りた家でも眺めるように満足そうにうなずいている。

「おい。きさまの懐から覗いているのは、瓦版か……」

平蔵が目でしゃくると、

「お……そうそう、これよ、これ」

伝八郎、ねじこんであった瓦版をつかみ出し、

「昨夜、またぞろ、例の獺祭強盗が押し入ったらしいぞ。それも狙われたのは道

場とは目と鼻の本舟町の山城屋だ」

「なんだと……」

平蔵、急いで瓦版に目を走らせた。

「ふうむ。また、家人を皆殺しか……むごいことをしやがる」

「いや、ところが瓦版にも書かれていない裏がある。こりゃ、兄の筋から小耳に挟んだことでな。奉行所でも極秘にしておるのだが」

伝八郎、どうだと言わんばかりにニヤリとした。

「実は、山城屋のなかで、たったひとり、難を逃れた生き残りがいたのよ。久吉という丁稚でな。まだ十三の子供だが、こやつ、その日、店で客に粗相をしたというので、晩飯を食わせてもらえなかったそうな」

怪談話の語り口のように声をひそめた。なかなかの役者である。

出所のはっきりしない噂ならともかく、伝八郎の兄の小弥太は町奉行直属の隠密廻り同心だから信憑性はきわめて高い。平蔵も、圭之介も真顔になって耳をかたむけた。

「ところが、なにせ久吉は十三の食い盛り、腹がへって寝つけなかったんだな。家人が寝静まるのを待って、こっそり台所の残り飯を盗み食いにいったところ、ふいに表の戸をたたく音がした」

「それが、押し込みだったのか……」

「うむ。それも、そやつ、ぬけぬけと公儀御用の筋とぬかしたらしいぞ」

平蔵、思わず圭之介と顔を見合わせた。

「その丁稚が、やつらの、その口上を聞いていたのか」

「おおさ。なにしろ五つすぎといや、起きているのは鼠ぐらいのもんだ。戸をたたく音だけでもビクッとしたうえに、公儀御用ときては久吉もぶったまげたらしい」

まさか久吉も押し込みとは思わなかったが、下手をすると家人に盗み食いが見つかると泡を食い、奥座敷に駆けこむなり押し入れのなかに飛びこんだのだという。

「ところが、その奥座敷がなんと家人皆殺しの修羅場になったというわけだ」

おさえ気味だった伝八郎の語り口が熱っぽくなり、合いの手に張り扇でも入りそうな高調子になってきた。

「ところがだ。この久吉、押し入れに飛びこんだとき、あわてたせいか、襖をちゃんとしめていなかった」

「それで、どうなったんです」

圭之介も身を乗りだしてきた。

「まぁ、待て待て。ここからが話の山場、佳境に入る」

伝八郎、思い入れたっぷりに気をもたせ、冷えた番茶をごくりと飲みほし、

「雪乃どの、すまんが、茶をもう一杯いただけんかな」

「はい。ただいま」

拭き掃除をしていた雪乃が急いで台所に立った。

「おい！　茶などどうでもよい。その久吉とやらは、その、しめそこなった襖の隙間から修羅場を見ていたのか」

「見ていたどころではない。そやつらの風体から、おもだった連中の顔までしっかりと覚えていたというから、奉行所の同心も聞いてびっくり玉手箱よ」

「そりゃそうだろう。これまで手がかりひとつつかめなかったところに生き証人が手に入ったんだ。久吉とやらに褒美をくれてやってもいいところだぞ」

「それにしても、よく瓦版屋に嗅ぎつけられなかったものですね」

「そこは奉行所もぬかりはない。おおかた、岡っ引きにもきびしく口封じをしたんだろうよ。なにせ、このことが洩れたら久吉の命も危なくなるからの」

そう言うと伝八郎、膝をおしすすめ声をひそめた。

「しかもだ。なんと、やつらの首魁(しゅかい)は亀甲紋様の頭巾をかぶっていたそうだぞ」

平蔵、思わず目を剝いた。

「じゃ、おれが蕎麦屋で見た、あの……」

「うむ。まず、まちがいあるまいと思うな。ただ頭巾というだけならともかく、頭巾の柄までおなじときては符丁が合いすぎる」

「ちょっと待ってください」と、圭之介が口をはさんだ。

「だとしたら、先夜の辻斬りと押し込みはおなじやつらの仕業ということですか」

「ま、そういうことになるな」

「いったい、どういうことです。あれはあきらかに神谷先生を待ち伏せしていたものですよ。押し込み強盗が、なぜ、神谷先生を狙うんです」

「待て、圭之介。その先は場をかえて聞くことにしよう」

平蔵は台所の雪乃を目でしゃくり、すっと腰をあげた。

もし獺祭(だっさい)強盗の首魁が、あの頭巾の侍だとすれば、向井半兵衛はその片棒をかつがされたことになる。できれば雪乃の耳には入れたくなかった。

五

雪乃の新居を出てすこし先に味噌田楽を食わせる小店があった。

湯通ししたコンニャクや、茹(ゆ)でた里芋、短冊に切った豆腐などを串に刺し、味噌を塗りつけたものを炭火で焼いただけの、ざっかけない食いものだが、味噌の香ばしい匂いがきいて安直なわりにはなかなかいける。

六坪あまりの土間は銭湯帰りの職人や、お店者(たなもの)で、けっこう賑わっていた。

さいわい土間の隅の席があいていたので三人は樽椅子に腰をおろし、あつあつの味噌田楽を肴(さかな)に、これまた舌が焼けそうに熱い燗酒をすすった。

「……とほほほっ、こりゃはらわたにしみわたるの」

串刺しのコンニャクをあふあふ頬ばりながら伝八郎が口火を切った。

「これも兄者の受け売りになるが、どうも、あの押し込みの一味の目あては金だけじゃなさそうなんだな」

「ほう。……と言うと、狙われた和泉屋や山城屋になにか恨みでもあるやつの仕業ということか」

「それも、ないとは言えんだろうが……」

伝八郎はぬっと大きな面をふたりのほうに寄せ、

「実はな。瓦版には出ていないことが、もうひとつある」

「おい。年寄りの小便じゃあるまいし、チビチビ小出しにせず、スパッと言え」

「わかった、わかった」

口のはたにへばりついた味噌を舌でぺろりと舐めまわし、伝八郎、重々しく口をひらいた。

「貸付帳だよ、貸付帳。通いの番頭が蔵をあらためたところだな、和泉屋は五千両、山城屋は四千両の大金を奪われておった。……が、妙なことに、やつらは両方から貸付帳まで奪いさっておるのだ」

「そりゃ、どういうことだ。まさか、押し込みの一味が和泉屋や山城屋にかわって貸金を取り立てようというわけじゃあるまい」

「な、妙だろうが。和泉屋も山城屋も、主人夫婦から息子まで殺されておるから、恐らく店はつぶれてしまうだろう。借り手は喜んどるだろうが、押し込みの一味が取り立てにかかったところで払うやつがいるか」

「そりゃそうですね。取り立てにかかろうものなら、おのれが押し込みの犯人だと疑われかねませんよ」

圭之介も首をかしげたとき、平蔵が大きくうなずいた。

「待てよ。どうやら、やつらの狙いがわかってきたような気がするぞ」

「ほんとうか、おい……」

「いま、伝八郎も言ったじゃないか。借り手は喜んでおる、とな」

「あ……」

「貸付帳は借り手にとっちゃ借金の証文みたいなもんだ。おそらく、やつらは貸付帳といっしょに証文も奪っていったにちがいない。おおかた奉行所はそのこともわかっていて口を封じているんだろうな」

「じゃ、なにか。やつらは小判よりも借金を帳消しにしたかったということか」

「あくまでも憶測にすぎんが、小判を強奪するというのは見せかけとも考えられる。和泉屋も山城屋も、裏で大名貸しに多額の金をまわしているのは衆知のことだ。なかには何千両、何万両という大金を焦げつかせている大名もいるはずだ。その借金がきれいに棒引きになるとすれば、強奪した金よりもずんとありがたいだろう」

「ふううむ！　さすがは平蔵、よくそこまで悪知恵がまわるもんだな」

「こら！　悪知恵とはなんだ」

「ま、ま、そう怒るな。それより、その、きさまの筋書き、図星かも知れんぞ」

「しかし、和泉屋も山城屋も店がつぶれてしまえば借金を取り立てようがないとなると、貸付帳や証文などほうっておいてもいいのではありませんか」

　圭之介が首をかしげながら口をはさんだ。

「いや、貸付帳や証文を残しておいては借り手の名前がわかる。ひいては後日、疑いをかけられる恐れがあるということではないかな」

「なるほど、貸付帳と証文の奪略は証拠湮滅（いんめつ）のため、ですか……」

「もし、平蔵が考えた筋書きどおりだとすると、やつらの正体は浪人などではなく、どこぞの藩士とも考えられるな」

「うむ。ごろつき浪人の一味なら貸付帳や証文などには目もくれまい」

「だとしたら、やつらは、なんだって向井半兵衛らの浪人を金で雇ってまで神谷先生を襲わせたんです」

「そいつが、とんと見当もつかん。なにか平蔵に思いあたる節はないのか」

「ないな。あれば手の打ちようもあるが……」

　平蔵は、先日、蕎麦屋で見た頭巾の侍の目を思いうかべた。まるでビードロをはめこんだような、およそ人間らしい温もりの感じられない双眸だった。

「あやつがおれを狙う魂胆はわからぬが、一度狙った獲物を途中であきらめるような男ではないと見た。いずれは仕掛けてこよう。それを待つしかなかろう」

「ま、平蔵の腕なら案じることはなかろうて」

伝八郎は里芋の串田楽をぱくつき、気楽に舌鼓を打った。

「うむ、こりゃいける。味噌の焼け加減がなんとも絶妙だの」

「おい。ところで婿入り先の娘との見合いの件はどうなったんだ」

「おお、それ、それ……きさまを朝から探しまわっていたのはそのことよ。一昨日、急に先方の菩提寺で会うことになっての。ふふふ、つまりは墓参にかこつけての見合いということだ」

「で、首尾はどうだった」

「ふふふ、それが、なにせ、おれ好みのむっちり、ぽっちゃりした色白の娘での。ほれ、ちょうど熟れごろ、食べごろのサクランボのようなプリッとした唇で、伝八郎さまは剣術がお強いそうですね……ときたもんだ」

「ははぁ、サクランボときたか……」

「おお、あの口を夜ごと吸うことができるかと思うと、おりゃ、もう、帆柱がおったって下帯がはじけそうになったわ」

とうとうサクランボが、帆柱に品(ひん)さがってきた。

「また、その小枝(さえ)どのの声がかわゆいのよ。こう、なんというか小鳥が囀(さえず)るような声での。唇から白い歯がチラッとこぼれての、うふっ、うふふふっ」

ばかばかしくて聞いちゃいられない。圭之介も吹き出しそうになっていた。

「ははぁ、小枝どのというんだな。その娘御(むすめご)」

「小さい枝と書いて小枝だ。なんと名までかわゆいではないか」

勝手にしろと言いたくなったが、三十路(みそじ)まで女ひでりを嘆いていた竹馬の友にようやく春が訪れたのだと思うと、すげなくあしらうわけにもいかない。

「よかったな、おい。あとは大鼾をかいて嫁女に嫌われぬようにすることだぞ」

「ん？　なんだって、おれは鼾なんぞかかんぞ」

平蔵、思わず圭之介と顔見合わせたが、伝八郎は一向に自覚がないらしい。

「ふふふ、それにな、どうやら小枝どのも、おれに一目惚れしたらしいのよ」

目尻をさげ、懐から大事そうに結び文をとり出した。

「どうだ、これが何かわかるか。へへへ、わかるまい。小枝どのの文よ。文」

太い指で愛しげに結び文をひらくと、

「今朝、小枝どのの女中が道場に届けてきての」

「そりゃまた手早いが、色よい文なのか」

「きまっとろうが。なんと、あらためてふたりきりでお会いしたいときたもんだ。それも、寛永寺の近くの出合い茶屋だぞ。ぐ、ふふふ……」

伝八郎の顔が、いまにも涎をたらさんばかりに笑みくずれた。

これは、また大胆な、と平蔵、しばし絶句した。一度、婚した身とはいえ、武家の娘が男と出合い茶屋で会おうという。

「おい、出合い茶屋というのがどういうところか、わかっとるんだろうな」

「あたりまえだ。男と女が人目を忍んで密会するところだろうが」

「ま、わかっておれば、よいが……」

いささか首をかしげたくなったが、伝八郎の悦にいった顔を見ると水をさす気にはなれなかった。

六

翌朝、平蔵は朝飯をすませると茶の間にくつろいで薬研を挽きはじめた。

小春日和のやわらかな陽ざしが部屋の奥までのびている。

すこしひんやりするが大気はカラッと乾いていて、薬研を挽くにはもってこいの日和だった。薬研というのは漢方の生薬を粉に挽く道具で、医者にはかかせない道具のひとつである。鉄製の舟型の中央にうがたれた溝のなかに生薬を入れ、真ん中に取っ手の軸をとおした鉄の車輪を溝にあてがい、軸を両手でつかんで車輪を回転させながら生薬を押し砕いて粉にする。あらかじめ薬問屋で粉に挽いたものを買うこともできるが、秘伝の薬は人手を借りるわけにいかないし、粉に挽いてしまうと湿気を帯びやすいから、当座使う分を自分で挽いたほうが薬の効き目もいい。養父の夕斎が存命のころも、薬研を挽くのは平蔵の仕事だった。

どんな薬が、どういう疾患に効くのか、またどれとどれを、どういう配分で調合すれば薬効が増すのか、さらに丸薬にしたほうがいい薬、煎じたほうがいい薬、それらのことを夕斎からきびしく実地に教えこまれた。

（もっと養父から学んでおきたかった……）

いまになって平蔵は悔やんでいる。

おそらく平蔵が教わった知識は、夕斎がもっていたものの百分の一、いや千分の一にもあたらないだろう。

夕斎のすすめと、磐根藩次席家老だった柴山外記の肝煎りもあって長崎に三年間、留学させてもらい、オランダ医学の片鱗にふれることができたのはそれなりに有意義だったが、漢方とオランダ医学はそれぞれ一長一短があり、簡単には優劣をつけがたいものがある。三年間、夕斎のもとを離れていたことと長崎留学を天秤にかけると、どっちがよかったかわからない気がする。

磐根を離れずにいたら夕斎を襲った凶刃を防ぐこともできたかも知れないと思うと、いまだに平蔵の胸は痛む。

平蔵は薬研を挽く手をやすめ、裏庭の片隅に咲いている黄菊に目をやった。

この黄菊は亡き父が越後から球根を取りよせて庭に移植したもので、今年の春、駿河台の実家からもらってきて植えつけたものだ。

この菊の花弁は灰汁をぬいて酢で和えると酒の肴になるし、湯がいて削り節と醬油をかけまわすとおひたしにもなる。どちらも平蔵の好物である。

(よし、今夜は菊の酢和えで一杯やるか)

台所から笊をもってきて庭におりたち、菊の花を摘みはじめた。

平蔵は野草が好きで、物干し場がわりの狭い裏庭に菊のほかにもいろんな野草の球根や種を採ってきては植えている。

鬼百合、羊蹄、山椒、茗荷、野蒜、どれも食べてうまいし、薬効のある野草ばかりである。鬼百合の根は漢方で「百合」という滋養強壮の妙薬で、羊蹄の乾燥根は「羊蹄根」といって便秘、腫れ物に特効があり、生の根をすりおろすと水虫や陰金、田虫などの皮膚病に効く。野草には毒のあるものもあるが、使い方では薬にもなる。乾燥根は薬問屋で買うこともできるが、生の根は地採りするしかない。

その点、庭に植えておけばすぐに使うことができる。

この春、八百屋の文吉が陰金にやられ、睾丸がかゆくて夜も眠れないと泣きついてきたとき、庭の羊蹄の根を掘り起こし、すりおろして塗ってやった。文吉はきれいに治ったと喜んで、旬の筍を三本と蕨を礼によこした。ひとりでは食いきれないから、筍飯を炊いて近所にくばり、残った一本を駿河台の実家に手土産がわりにもっていったら、女中頭のお蔦が、

「こんないい筍はめったに手に入りませんよ。ぼっちゃまは贅沢なものを食べていらっしゃるんですね」

目を丸くしたところを見ると、文吉はよほど奮発してくれたらしい。もとはと言えば裏庭から羊蹄の根をひっこぬいただけだから、坊主丸儲けとはこのことだ

と、ちょっぴり気が咎めた。裏庭の野草は治療にも役立つが、平蔵にとっては雑炊(ぞうすい)の具や飯の菜(さい)、酒の肴(さかな)になるから、貧乏医者の乏しい家計の足しにもなっている。

ひとり者は「起きて半畳、寝て一畳」と言う。さして広い住まいはいらないが、できることなら裏庭がもうすこし広ければな、そんなことを考えていると、表から檜山圭之介の声が勢いよく飛び込んできた。

「先生！　神谷先生！　どこにおられますか」

「なんだ、なんだ。朝っぱらから騒々しい」

「人相書きですよ。人相書き」

どうやら圭之介は日本橋から駆けとおしてきたらしい。土間の甕(かめ)から柄杓(ひしゃく)で水を汲んでむさぼるように飲みほした。

「ほら！　例の獺祭(だっさい)強盗の人相書きが日本橋の高札場(こうさつば)にはり出されたんですよ」

「なに、人相書きが……」

平蔵、思わず立ちあがった。

七

日本橋の橋詰めにある高札場には野次馬がひしめきあっていた。

高札には町奉行所の手配書と、頭巾の首魁（しゅかい）、配下の侍三人の人相書きが高々とかかげられている。

「ええ、おい。そろいもそろって悪党面してやがらぁな」

「月代（さかやき）を剃ってやがるところを見るってぇと、食いつめ浪人じゃなさそうだがよ。金ほしさに赤ん坊まで殺しやがるなんて、ひでぇやつらだぜ」

「金だけならまだしもよ。和泉屋じゃ女房を裸にひんむいたあげく、寄ってたかってまわしやがったってぇじゃねぇか」

「和泉屋のお勢さんといや、錦絵にしてぇくれぇの器量よしだったんだろう。それを畜生、うめぇこと……いゃ、むげぇことしゃがってよ」

「面ぁ見りゃ、人間さまでございってぇ顔してやがるがよ、どいつもこいつも目つきがわりぃやな。悪党は目を見りゃわかるってぇが、ほんとうだぁな」

なんにつけても物見高いのが江戸っ子である。およそ押し込み強盗に狙われる気遣いはない連中が口ぐちに勝手なことを口走っている。その人垣の後ろから高札の人相書きを見ながら、圭之介はかたわらの平蔵をかえりみた。

「どうです。あの頭巾の首魁の人相、似ていますか……」

「そうだなぁ……」

首をひねった平蔵のわきに、いつの間にか三つ紋つきの黒羽織に着流しの、一目で八丁堀同心とわかる侍がたたずんでいた。

「そのようすでは、あの人相書きは似ちゃいないということでしょうな」

「お……これは」

渋紙色に陽焼けした顔が笑みかけている。伝八郎の兄で北町奉行所の隠密廻り同心をつとめる矢部小弥太だった。

江戸にはざっと五十万の町人がいるが、その治安を一手にあずかっているのは南北両町奉行で、それぞれ二十五人の与力と百人の同心を配下に従え、いずれも八丁堀に組屋敷をあたえられていた。南北あわせて与力が五十人、同心は二百人ということになるが、これらのすべてが犯人の探索や捕り物にあたるわけではなかった。

江戸の治安にあたるのは定町廻り（じょうまちまわり）、臨時廻り、隠密廻りの同心で、定町廻り、臨時廻りが南北それぞれ六人ずつ、隠密廻りがふたりずつときめられていた。定町廻りと臨時廻りは与力の指揮下に入るが、隠密廻りだけは奉行の直属になっているだけに、同心のなかでも一段格上の存在だった。

それだけに隠密廻り同心は手練れの者が任命されるが、小弥太が三十八歳という若さで抜擢されたのは、手腕をみとめられてのことで、北町奉行丹羽遠江守の信頼もことのほか厚いと聞いている。

「いつも弟が世話になっております」

八つも年上の小弥太に丁重な挨拶をされて平蔵は恐縮した。

「いやいや、こちらこそ伝八郎にはいつも助けられております」

「よう申されるわ。あやつは世間知らずゆえ、なにかとご迷惑をかけておるにちがいない。ま、こりずに面倒を見てやっていただきたい」

その口ぶりには三十になっても身の振りかたがきまらない弟を気遣う兄の心情がにじんでいる。よくできた兄者だ、と平蔵は思った。

平蔵のかたわらにたたずんでいる圭之介にちらっと目をやった小弥太は、

「檜山圭之介どのですな。お手前のことは弟から聞いておりますぞ。なかなか剣の筋がよいとか……」

「いえ、まだまだ未熟者ゆえ、矢部先生には叱られてばかりです」

「ははは、なんの、お手前はまだまだお若い。いずれは弟のほうがひっぱたかれるようになりましょう。そのときは存分にぶちのめしてやってくだされ」

伝八郎が聞いたら頭から湯気をたてそうなことを言いながらも、小弥太の顔は笑みほころんでいる。長いあいだ部屋住みでくすぶっていた弟が、かりにも先生とたてられるようになったことがうれしいのだろう。

その伝八郎はいまごろ、出合い茶屋で女に会って、でれりぼうと鼻の下をのばしているにちがいない。

(おおかた、小弥太どのにはないしょなんだろうな)

そう思うと、平蔵、いささか気が咎めた。

小弥太は高札の人相書きを目ですくいあげると、

「あの頭巾の首魁の顔を神谷どのが見かけられたことがあると聞いて、一度、お訪ねしたいと思っていたところです。よろしければ、そのあたりの話をちくとお聞かせ願えませぬかな」

「はぁ、それはもう」

小弥太に誘われるまま、平蔵は圭之介を従え、近くの茶店に足を運んだ。

「ちょいと奥を借りるぜ」

八丁堀の旦那らしい、くだけた口調に一変した小弥太は、そう言うと茶店の女中に心付けを握らせ、なにやら耳打ちした。いつものことらしく、女中は心得顔にうなずくと小走りにどこかに駆け出していった。

「さ、さ、どうぞ」

女中にかわって茶店の主人が満面に笑みをうかべつつ、三人を奥の小部屋に案内した。さすが八丁堀の旦那とこわもてするだけに、町方ではずいぶん顔がきくものだと平蔵は感心した。

やがて小女が茶と塩大福を運んできた。

「おお、これこれ」

小弥太は弟とちがって甘党らしく、目尻をさげて大福に手をのばした。

「ここの塩大福はちょいとしたもんでね。ま、やってみてください」

またたく間に大福を三つ、ぺろりとたいらげた小弥太は、唇にへばりついた餡(あん)を舌で舐(な)めながら平蔵のほうに向きなおった。

「……さてと神谷どの」

小弥太は懐から数枚の人相書きをつかみだし畳の上にひろげて見せた。

高札場にかかげられた獺祭強盗の人相書きを木版に刷りあげたものだった。

「この人相書きの、どのあたりがちがうと思われましたかな」

「……そうですね。わたしが見たのは、この頭巾の侍だけですが」

平蔵は頭巾の侍の木版刷りの似顔絵にしばらく目を凝らした。

「ぜんたいとしてはよく描けていると思いますが、肝心の眼がもうひとつピンときませんね。この絵では目尻がつりあがって恐ろしく鋭く、怖い目つきになっていますが、わたしが見た頭巾の男はどこを見ているのかわからないような、つかみどころのない茫漠たる目をしていましたね」

「……やはり、な」

小弥太は大きくうなずいた。

「だろうと思っていましたよ。ご存じかと思うが、あの人相書きは山城屋が襲われたとき、ひとり難を逃れた久吉という丁稚の言うことをもとに描かせたものでしてね。……なんといっても、まだ十三の子供だ。押し入れのなかから震えながら見ていたとあれば、正直なところ、うろ覚えの域を出まいと思っていました」

小弥太は苦笑をにじませた。

「しかも久吉が見たのは、殺しの現場にいたやつらの顔です。殺気だっていりゃ人相も険しくなる。くわえて久吉は小便をチビりそうなくらい怯えていたとなりゃ、やつらの顔は鬼のように見えたにちがいない」

小弥太はきわめて冷静に久吉の心理を分析して見せた。

「われらがほしいのは普段着のやつらの人相です。街を何気なく歩いているときのやつらの顔だ。つまりは神谷どのが蕎麦屋で見られたのが、やつらの素顔にほかならない」

冷えかけた渋茶をがぶりと飲みほした小弥太が、

「ところで、ひとつ平蔵どのにお詫びせねばならぬことがござる」

「は……」

「雪乃どののことでござるよ」

ずばりと小弥太は切り出した。

とっさに平蔵はなんと答えてよいかわからず、まじまじと小弥太を見返した。

「いやいや、ご案じめされるな。雪乃どののことは遠江守さまのお耳にもいれ、ご内諾をいただいている。いまさら死んだ亭主のことで妻女が咎めをうけることはござらぬよ」

「それは……」

平蔵、ホッと胸を撫おろした。

幕府の刑法は連座制で、罪を犯した者の親族も罪を問われることになっている。まして向井半兵衛は知らぬこととはいえ、獺祭強盗に荷担して刺客を請け負ったのだ。ふつうなら妻である雪乃も無事ではすまない。軽くて御府外追放、下手をすれば島流しになる恐れさえある。それを小弥太が北町奉行の丹羽遠江守にとりなしてくれたということだろう。

「ご配慮、かたじけのうございます」

「いや、なに、向井半兵衛がだれかを殺害したというならともかく、すでに死んでおる。なにも知らぬ妻女まで罪に問うほどのこともあるまいと遠江守さまも仰せられている。ご公儀にも情けはあるということでござるよ」

そう言うと小弥太はぐいと首をのばして平蔵を見すえた。

「それに、われらとしても、あの妻女から聞き出したいことがござるゆえな」

小弥太の眼がキラッと光り、隠密廻り同心の素顔をのぞかせた。

「弟の申すところによれば、雪乃と申すおなごも頭巾の男の顔を見たそうですな」

やはりそのことかと平蔵は黙ってうなずきながら、小弥太の出方を待った。

「実を申さば、さっき茶店の女に頼んで雪乃どのをよびにやった。失礼ながら神谷どののお名前を拝借してな」

「それがしの、名を……」

「詫びねばならんと申したのはそこのところでござるよ。いや、許されよ」

小弥太は気さくに頭をさげて見せた。このあたりの駆け引き、さすがに熟練の同心である。

「なにせ、雪乃どのは浪人ながら武士の妻女、町奉行所の同心が呼びつけたとあれば警戒して口をとざすやも知れぬ。また獄囚となるくらいならと、早まって自害せんともかぎらん」

「ははぁ」

そういうことかと平蔵はうなずいた。雪乃はそんな弱い女でも、意固地な女でもないと言いたかったが、黙っていた。

「そこで神谷どののから、ひとつ、雪乃どのを口説いてもらえまいか。いま、われらとしては、手がかりになるものなら藁(わら)をもつかみたいところでしてな」

「はぁ……ま、それは」

小弥太の気持ちはわかるが、雪乃が見たといっても、ほんのわずかのあいだのことである。探索の手がかりになるほどのことを覚えているかどうか怪しいものだろう。

そのとき、小座敷の唐紙があいて、さっきの女中が顔を見せた。

「あのう。お連れさまがおいでになりましたが……」

「お、まいられたか」

女中といれかわりに戸口から小座敷にあがりかけた雪乃が、小弥太を見てけげんそうな目になった。

八

平蔵からいきさつを聞いた雪乃は、小弥太が八丁堀の同心と知って、一瞬、表情を硬ばらせたが、伝八郎の兄でもあり、咎(とが)められる気遣いはないとわかると、すこし顔をなごませた。

小弥太が人相書きの刷りものを見せると、しばらく目を凝らしていたが、

「わたくしが見ましたのはふたり、この頭巾の侍と、もうひとり、この侍ではないかと思います」

そう言うと頭巾の首魁と、すこし面長の侍の人相書きをえらびだした。

「ほう……と言うと、この人相書きは似ておるということかな」

「いえ。頭巾の侍の目が、まるでちがうような気がいたします。まだ、もうひとりのほうが顔形は似ておりますが、これも目と、口元が……」

「ちがう？」

「はい。人の顔というものは目できまるものゆえ、これでは見分けはつきにくかろうと存じます」

きっぱりと雪乃は言い切った。

「ふうむ。やはり、のう」

ありありと落胆の色をにじませた小弥太を見て、雪乃はなにか決したように、

「あの……筆と半紙をお借りできませぬか」

小弥太は思わず瞠目（どうもく）し、平蔵と顔を見合わせた。筆紙（ひっし）をと言うからには、似顔を描こうというのだろうか……。

武家の妻女だから筆は手なれているだろうが、文字と絵は別物である。

「雪乃どの……」

平蔵はあやぶんで目をやったが、雪乃はかすかにほほえみかえした。

そのあいだに小弥太は女中をよんで、筆硯(ひっけん)と半紙を用意させた。

圭之介が墨をすりおろしているあいだ、雪乃は落ち着いた表情で半紙になにやら思い描いているように見えた。しばらくして筆をとった雪乃は、さして迷うようすもなく、さらさらと筆を走らせはじめた。

「……うむ、これは！」

首をのばして雪乃の筆先を見守っていた小弥太が驚嘆の声を発した。

平蔵も、圭之介も、雪乃の筆が描き出す人の顔の輪郭の精妙さに、声もなく見いった。雪乃の筆は、まるで、いま、そこにいる人物を写生するかのようにふたりの侍の半身像を描き出していったのである。およその輪郭を描きおえた雪乃は、しばらくのあいだ半紙に目を凝らしていたが、あとは一気に目、鼻、口、耳、供侍の月代(さかやき)の剃り具合までこまかく描き込んでいった。そればかりか、頭巾の生地の亀甲紋様まで迷うことなく描き添えてしまった。

「これは、おどろいた……」

平蔵は惜しみない賛嘆を投げかけた。

頭巾の目出しからのぞいている侍の双眸は、平蔵が蕎麦屋で見た侍の眼ざしに酷似している。黒目が上に向いている三白眼もそっくりなら、どこか人を嘲るような冷酷なものを感じさせる内面的な印象まで、雪乃の筆はあますところなく描き出していたのである。

「まちがいない。まさしく頭巾の男は、この絵とそっくりだった」

「うむ。……神谷どのがそう申されるなら、もうひとりの男の顔も、この似顔絵のとおりだと思ってよかろう」

　大きくうなずいた小弥太に、雪乃はすこし羞じらいながら、

「この者は、鳥越町の長屋に主人を訪ねてまいった侍です。そのとき、頭巾の侍は木戸の外で待っておりました。……わたくしが見ましたのは、ほんのわずかのあいだでございましたので、あまり確かとは申しかねますが……」

　控え目につけくわえたが、

「いやいや、この頭巾の男の目つきは恐ろしいほど似ている」

　平蔵は太鼓判を押しながら、

「それにしても、雪乃どのは、だれに絵を学ばれたのだ」

「いえ、ことさらだれに学んだわけではございませぬ。ただ、子供のころから絵が好きで、亡き父や母からは絵よりも和歌や琴でも習えと叱られましたが、それでも、ひとりでこっそり隠れて……」

「ううむ。……とは言え、わずかのあいだ頭巾の目出しから見ただけの顔を、ようも、これだけ綿密に覚えておられたな」

「いえ、ことさらに覚えようとしたわけではございませぬが、どういうわけか、わたくしにはちいさいころから一度見たものは目の底に焼きついてしまう癖があって……庭の枝にとまった小鳥や、走っている馬を見れば、あとから思いだしては、よく描いておりました」

「ほう。小鳥や、走る馬を」

「はい。どちらかというと動くものが好きで……ことに人の顔は笑ったり、怒ったりすると変わるのがおもしろくて」

人には思いもよらぬ天性があるものだと、平蔵、あらためて感嘆した。

「いやいや、これはとんだ拾い物をした。この似顔絵は、またとない探索の手がかりになる！」

小弥太の感嘆はきわめて実務的だった。

「早速、これを木版に彫らせて探索の者に配ろう。頭巾のほうはともかくとして、もうひとりの男は顔の造作まで瓜ふたつとあれば、どこかで網にかかるはずだ」

さすがは隠密廻り同心である。小弥太は舌なめずりせんばかりに喜んで雪乃の似顔絵を懐にしまいこんだ。

「しかも、やつらは高札場にかかげた人相書きが似ておらんのに安心しておるにちがいない。あの人相書きが似ていないことが探索にはかえって好都合になったというものですな」

その小弥太の言葉が、平蔵にあらたな不安を呼び起こした。

「念を押すようですが、その似顔を描いたのが雪乃どのだということはくれぐれも外に洩れぬようにしてくださらんか。そうでなくても、やつらは顔を見られている雪乃どのを生かしておきたくはないでしょうからな」

圭之介が眉をひそめた。

「それを言うなら神谷先生もおなじでしょう。なにしろ蕎麦屋では頭巾の首魁と、もうひとりの供の侍の素顔まで見ておられたのですから」

「おれのことなどいいが、雪乃どのは女だ。狙われたらひとたまりもあるまい」

「ははは、その、ご懸念にはおよばぬ」

小弥太は片手をひらひらと振って見せた。

「雪乃どのが鍛冶町に引っ越されてからは、それがしの手の者が昼夜を問わずぬかりなく目を光らせており申すゆえ、案じられずともよい」

どうやら小弥太は、雪乃が鳥越町にいるときから監視していたらしい。

（つまりは、おれがオンボロの所帯道具を積んだ荷車を曳（ひ）いていたときも小弥太どのに見られていたということになるな……）

なんともバツの悪い話だと、平蔵、尻がむずむずしたが、八丁堀の目が光っているとあれば、雪乃の身辺もいくらかは安心できるというものだ。

第三章　好色の罠

一

上野の寛永寺は三代将軍家光が、祖父家康の霊廟を日光東照宮だけではなく、江戸にもと発願（ほつがん）し、建立されたものである。

寛永二年（一六二五年）、天海僧正が寛永寺の開山となり東叡山（とうえいざん）と号してより、徳川家代々の菩提寺となった。南に不忍池（しのばずのいけ）を望み、上野の森から隅田川にかけて、坊院、末寺の堂塔伽藍（がらん）が甍（いらか）をつらねている。春には桜、秋には紅葉をめでる江戸市民の行楽の地としても親しまれていた。上野の森から北東にひろがる下谷の門前町にはこれらの行楽客や参詣者をあてこんだ商家が軒をつらねていたが、いっぽうでは行楽や参詣を口実に使って密会する男女のための出合い茶屋も数多く、また遊客相手の娼妓をかかえる売春宿もすくなくない。

その日、伝八郎が小枝と会うことになっている出合い茶屋「あいぞめ」は、不忍池のほとりの池之端仲町にあった。むろんのこと茶屋というのは名目で、人目をはばかる男女に房事のために座敷を貸すのが商売である。小枝が「あいぞめ」で会いたいということが、なにを意味するものかは伝八郎にもわかっていた。

小枝との約束の刻限は八つ（午後二時）だったが、伝八郎は朝からそわそわして飯を食うのもそこそこに銭湯に足を運び、入念に垢をこそげ落とした。

ふだんはめったに行ったことのない髪結い床で月代と髭を剃ってもらい、髷もきちんと結ってもらった。湯屋代が八文、床屋代が三十二文と、部屋住みの身としては痛い出費だったが、なにしろ生まれてはじめて女としんねこで茶屋で忍び会うとなれば背に腹はかえられない。

「どうだ。すこしは男ぶりがあがったかの」

床屋の親爺に聞くと、

「へ、へぇ、そりゃもう」

相槌をうったものの、親爺はけげんそうに小首をかしげた。

「なにかお祝いごとでもおありなんで……」

「う、うむ……ま、そんなところだ」

伝八郎、言葉を濁しながらも顔はだらしなくゆるんでいる。

「ちくと大事な人と会うことになっておるのでな。すこしは身ぎれいにしておこうというわけよ。うん」

「ははぁ、身ぎれいに、ね……」

親爺、なんともいえぬ顔になった。結いあげたばかりの髷はいいとしても、袴は筋目もわからぬほどにくたびれているし、羊羹色に陽焼けした紋服の襟もすりきれている。おまけに足袋の爪先は穴があいて、親指がのぞきかけていた。

当の伝八郎はそこまで気がまわらず、すっかりめかしこんだ気分になっているのだから世話はない。

まだ八つまでは一刻（二時間）もあるが、伝八郎、とても待ちきれなかった。ちょうど時分どきで腹の虫が騒ぎはじめるころだが、小枝のむっちりぽっちゃりした肢体が目先にちらつき、家にもどって飯を食う気になれない。

床屋から出るなり、その足でまっすぐ池之端に向かうことにした。

なにしろ伝八郎、根が奥手ということもあるが、剣一筋に青春をすごしてきたせいで、女に縁がなかった。父母は幼いころにあいついで亡くなり、兄の小弥太が親がわりだったから、女ッ気といえば嫂と、琴という大年増の女中だけだった。

琴は口入れ屋の周旋で雇った女で亡くなった父親は浪人だったというが、名前とは似ても似つかぬ醜女だった。躰だけは丈夫で骨惜しみせず、よく働くものの、色気のかけらもない女だったから、口うるさいババアだとしか思っていなかった。

嫂は嫁いできたときから貧乏所帯のやりくりに追われ、化粧ッ気もなく一日中家事に追われていたから、女という目で見たことは一度もない。

だからといって女に無関心だったわけではなく、人並みに女体への好奇心も、渇望もあった。ただし、それもきわめて漠たるものだった。
十二、三歳のころ、女にはチンチンがなく、ヘソの下に穴があるのだと遊び仲間から教えられて仰天した。さらに親友の平蔵から、その穴から赤ん坊が出てくるのだと聞かされたときは肝をつぶした。伝八郎の家とちがって平蔵の屋敷には若くて美しい女中が何人もいるし、家士のなかには妻帯して屋敷内の長屋で所帯をもっている者もいる。腹がせりだした妊婦や、赤子に乳を飲ませる女も見ているし、夏の夕暮れに長屋の土間で行水を使う女の裸身を簾越しにのぞいたこともあるらしい。女体についての見聞は、伝八郎とはくらべものにならないほど豊富だということはわかっていたが、どうにも合点がいかない。
「そんなばかなことがあるか。見たこともないくせに、いい加減なことを言うな」

　食ってかかると、平蔵は「おもしろいものを見せてやる」と言って、蔵から枕絵という極彩色の錦絵をこっそりもちだしてきた。錦絵は二枚ものの組み絵になっていた。

　伝八郎、ひと目見るなり、ぶったまげた。

　錦絵には美しい御殿女中があられもなく股をおっぴろげ、墨染めの衣を着た坊主に抱きすくめられている図柄が精妙に描かれていたのである。

　一枚目の女の股倉には毛むくじゃらの穴があり、二枚目ではその穴が、坊主の如意棒みたいなチンチンをすっぽり呑みこんでいる。

「な、なんなんだ。これは……」

「きさまも犬や猫が番(つが)うところを見たことがあるだろう。あれとおなじことらしいぞ。人も、犬や猫とおなじ生き物だからな」

　平蔵はいっぱしの大人ぶって、早熟(ませ)たことをほざいた。

「きさまも大人になれば嫁をもらう。そしたら、こういうことを嫁とするわけだ。後学のためによく見ておけ」

「ばかを言え！　この絵を見ろ。おなごはいまにも死にそうな、苦しげな顔をしておるではないか。おれはこんなひどいことはせんぞ」

「うむ。おれもはじめはそう思った。ところが杏助（きょうすけ）に言わせると、おなごは心地よくなると、こういう顔になるらしい。杏助の妻女も番（つが）うたびに死にます死にますと言うんだとよ」

杏助というのは神谷家の家士で、平蔵や伝八郎とおなじ紺屋町の佐治道場の門下生である。あまり剣才はないが、九つ年上だから一目おかざるをえない。

「じゃ、杏助は妻女が死ぬほど苦しんでおるのに、こういうことをしておるのか」

「ばか！　杏助の夫婦仲のいいのは知ってるだろう。死にますと言いながら妻女は、そのあとすこぶる機嫌がいいんだとよ。嫌がってはおらんということだな」

どうにもよくわからないと思ったが、平蔵の話は妙に説得力がある。

そうなると伝八郎、今度は大人になるのが怖くなった。なにしろ伝八郎のは親指ほどの貧弱な代物で、あんな化け物みたいな穴にパックリ呑みこまれたら食いちぎられそうな気がしたからである。

チンチンは小便するときの筒ぐらいにしか思っていなかったが、それからは銭湯に行っても大人の一物をこっそり観察するようになった。さすがに枕絵で見たような巨大な如意棒をつけている者は見なかったが、だらりと股間にぶらさがっているモノは黒ぐろとしてたくましい。毛むくじゃらの陰嚢もでかい。以来、なんだか引け目をおぼえ、銭湯に行っても手ぬぐいで股間を隠すようになった。

平蔵のはどうだろうと気になって、道端で連れ小便をするとき、横目でこっそり見たら、平蔵のはちゃんと毛が生えているし、先端は鎌首をもたげた蝮の頭のようにエラが張っている。銭湯で見た大人の代物と遜色ない立派なものだった。

やっぱり平蔵にはかなわん。なにかにつけて平蔵に一目おくようになったのは、どうも、あのころからだったような気がする。

そんな伝八郎も十六、七になると一人前に毛が生え、ときおり妖しい淫夢を見るようになった。そんなとき背骨をつらぬくような快感を覚えて目をさますと、きまって下帯が濡れている。そのことを、こっそり平蔵に打ち明けたら、

「そうか、きさまもやっと一人前になったな。よし、おれがいいところに連れていってやる」

えらそうに先輩面をして請け合うと、強引に岡場所に連れていかれた。

そのときは酒の酔いも手伝い、あてがわれた白首女の顔もろくに見ないうち、呆気なくおわってしまい、女から「アラ、もうおしまい」と笑われた。

淫夢の快感とはほど遠い、ざっかけないものだったが、それでも、いちおうは男になったという満足感があった。

ただ困ったことに交媾(まぐわ)いというやつは癖になるものらしく、下帯のなかで帆柱が突っ張らかって始末におえなくなる。裾をからげて雑巾がけをしている琴の臼のように巨大な尻を見ても下帯が突っ張ってくるし、こともあろうに嫂の豊満な腰まわりにまで目が向くようになる。

おれとしたことが、不埒(ふらち)きわまりない!

邪念を振りはらおうと努力しても、めざめたばかりの若い雄の本能は性懲りもなくむくむくと頭をもたげる。

とどのつまりは乏(とぼ)しい小遣いを握りしめ、岡場所に足を向けるようになった。とはいっても伝八郎の小遣いでは本所深川あたりの私娼か、品川宿の安女郎を相手の四百文のちょんの間遊びがせいぜいだった。

それが、今日という今日は、伝八郎好みのむっちりぽっちゃりした武家女の小枝(さえ)と、茶屋の座敷で忍び会うのだ。胸がときめいて飯どころではなかった。

二

それにしても遅いな……。

池之端名物の「不忍団子（しのばずだんご）」の縁台に腰をかけ、伝八郎はじりじりしていた。とうに約束の八つをすぎたというのに、小枝が一向に姿を見せないのだ。

「あいぞめ」がある路地の入り口は、ここから望見できる。見逃すはずはなかった。

ひと串五文の団子を五本もたいらげてしまった。ひと串に団子が五つ刺してあるから伝八郎の腹には二十五個の団子がおさまったことになる。その合間にがぶがぶ飲んだ渋茶のせいもあって、胃袋が悲鳴をあげそうだった。

もう半刻の上も縁台に居座っているから、団子屋の女中も嫌味ったらしい目を投げかけてくるが、いまさら縁台を離れてあたりをぶらぶらする気にもなれない。

いっそのこと小枝より先に「あいぞめ」にあがってしまおうかと考えないでもなかったが、小枝の都合が悪くなり、来られなくなるということもありうる。

なにせ、軍資金が心細いでのう……。

懐中には嫂（あによめ）を拝みたおしてせしめてきた二朱金（五百文）といくばくかのバラ銭があるものの、待ち惚けを食ったあげく、茶屋の支払いが足りないとなったら赤っ恥をかくことになる。

やはり待つしかないか……。

冷えきった渋茶に口をつけかけたとき、むこうから小枝がやってくるのが見えた。

伝八郎、喜色をうかべ腰をうかしかけたが、

「ん？」

なんと小枝はひとりではなかった。直参（じきさん）らしい羽織袴の侍がなにやら懇願しながら、しつこく小枝につきまとっているようすだ。

なんだ、あやつは……。

侍は痩せぎすながら、女にもてそうな優男だった。

小枝が侍にからまれているのかと思ったが、そうではなく、小枝は侍とは顔見知りらしく、なにか小声で罵（のの）しりながら侍を邪険に振り払おうとしているようすだ。

なんだか、まずいところを見てしまった気がした。

伝八郎の目の前を通りすぎても小枝は気がつかず、急ぎ足で「あいぞめ」があ

る路地に入りかけた。

「待ってくれぬか、小枝どの！」

侍が悲痛な声をあげ、小枝の袖をつかみかけたときである。

キッとふりむいた小枝の手が、容赦なく侍の頬をひっぱたいた。

「あっ！」

さすがに侍も血のぼせたか、小枝の手首をつかんで声を荒らげた。

「な、なにをする！」

「離さぬと人を呼びますよ！」

「おお、呼ぶがいい。恥をかくのはそなたのほうだ」

「もう、いつまでも女々しいことを申されますな！」

「な、頼む！　考えなおしてくれぬか」

もみっているふたりに近づいた伝八郎、ぐいと侍の手首を逆手に捻りあげた。

「うっ！　な、なんだ。き、きさま……」

「ここは往来でござるぞ。おなご相手にみっともないとは思われぬか」

「な、なにぃ……」

見まわすと、いつの間にか物見高い江戸っ子の人垣ができている。

「見たところ、直参らしいが、かようなところで恥をさらされてはお家の名を汚すことにもなりかねん。さ、行かれたがよい」

どんと突き離すと、侍はだらしなくたたらを踏んでよろめいた。

「お、おのれっ……」

おもわず刀の柄に手をかけたが、なにしろ伝八郎は五尺八寸の偉丈夫である。

「う、うっ」

歯ぎしりしたものの、とてもかなわぬと思ったのだろう。

「このままではすまさんぞ！」

悔しさを顔ににじませ、捨て科白(ぜりふ)を吐いて逃げるように去っていった。

三

「な、なに……ま、まことか」

伝八郎、目をひん剝いて、目の前の小枝をまじまじと見つめた。

「あ、あの男が……小枝どのが離別された、前の婿どの、か」

「もう、そんな目で見ないでくださいまし……」

小枝は羞じらうように躰をくねらせながら伝八郎ににじり寄った。

ふたりの前には、さっき女中が運んできた酒肴の膳がある。

「ねぇ、伝八郎さま……」

小枝は分厚い伝八郎の腿にそっと手をかけ、斜め下から目をすくいあげた。

「あんな、お恥ずかしいところを見られてしまって、もう、小枝のこと、お嫌いになられましたか」

「い、いや……そのようなことは」

小枝の髪油とほのかな化粧の匂いが鼻孔をくすぐる。

岡場所の安女郎とはくらべものにならない上質の香料を胸いっぱいに吸いこんだ伝八郎、脳味噌がしびれて、とろけそうになっている。

「よかった。伝八郎さまに嫌われたら、わたくし……もう、どうしようかと」

小枝はぴたりと伝八郎に寄り添い、むちっとした太腿をすり寄せてくる。

あたたかい小枝の体温がもろに伝わってくる。伝八郎、脳天が痺(しび)れてきた。

「さ、小枝どのが嫌いになるなどと……そのようなことは断じてござらん」

「ま、うれしい」

小枝はいそいそと膳の上の徳利に白い腕(かいな)をのばした。

「酒でも召しあがって、あのような男のことなど、お忘れくださいまし」

「こ、これはかたじけない」

あわてて盃を手にした伝八郎、声までうわずっている。

「それにしても、離縁した婿どのが、なにゆえ、また……」

「女々しいのです。孫之丞は」

小枝は憎にくしげに前夫を呼び捨てにし、きゅっと眉をしかめた。

「あの人は伝八郎さまもご覧になったように武芸もだめなら、算盤もだめ。それでいておなごには手が早くて……ほら、わたくしの文を伝八郎さまにお届けした幸という女中まで手ごめにしようとしたのですよ」

「な、なんと言う、不埒な……け、けしからん！」

幸というのは十六、七歳の、見るからに清楚な娘だった。

「ね、これでどのような男かおわかりになりましたでしょう」

「ううむ！　男の風上にもおけんやつだな」

小枝の話によると、前夫の孫之丞は小枝の父篠田源太夫の組下の奥村孫助の次男だったが、十年前に婿入りし、小枝と夫婦の契りをかわした。

ところが、この孫之丞、女癖が悪くて組長屋の出戻り女と昵懇になったり、三味線の師匠といい仲になったりで夫婦仲も冷えかけてきたころ、まだ十歳になったばかりの幸にまで手を出しかけたらしい。

「それで父が怒って離縁したにもかかわらず、未練がましく縒(よ)りをもどしてほしいと……わたくしが外出(そとで)をするたびにつきまとうのです」

「なんというやつだ。小枝どののような美しいお人と契りながら、ほかのおなごに手を出すなど言語道断！　手加減などせず、ぶちのめしてやればよかったわ」

「ほんに伝八郎さまのお強いこと……」

小枝はうっとりしたように伝八郎の肩に頰をうずめてきた。裳裾(もすそ)が割れて紅い裏地の下から白いふくら脛(はぎ)がやんわりと泳ぎ出している。目のやり場に困った。

「ねぇ、伝八郎さま……」

「ん？　どうなされた」

「もう、伝八郎さまの意地悪……」

ねっとりとからみつくような目が、甘えるように睨んでいる。

いくら鈍い伝八郎でも、ここまでくれば女がなにをもとめているかわかる。

ええい！　思いきって肩を抱きよせたら、小枝は堰(せき)を切ったようにしがみついてきた。小枝の裾があられもなくはだけ、内股の白い肌が目にはいった途端、伝八郎の血がカッと逆流した。

「さ、小枝どの……」

しゃにむに押し倒し、ぽってりした唇をむさぼると、小枝はねっとりと舌をからませながら伝八郎の首に腕を巻きつけてきた。強引に襟前を押しはだけ、せかせかと乳房をまさぐった。乳房は大きくはなかったがむっちりと弾力があり、乳首は固くしこっていた。小枝の息づかいが乱れ、せわしくなってきた。

「ねぇ、伝八郎さま。ここでは、いや……」

熱い吐息をもらし、伝八郎の耳朶を甘咬(あまが)みすると、隣室を目でうながした。

「……わ、わかった」

気もそぞろに小枝の腰を両手ですくいあげ、爪先で隣室の襖をあけると、彩り華やかな絹夜具が敷かれていた。暗い室内は昼間だというのに丸行灯の淡い灯りがともされている。掛け夜具を足で蹴飛ばし、むしゃぶりつこうとしたら、

「もう、そのようにいそがれずとも、小枝はどこにも逃げませぬ」

笑みをふくんで睨み、背を向けて坐ると、帯紐を解きはじめた。

ええい、もう！

伝八郎、気もそぞろだが待つしかない。

武家娘の衣装というのはなんと面倒なものよと呆れていると、小枝は器用に肩からするりと衣裳をすべらせ、大胆にも腰の二布（ふたの）まではずしてしまった。

横座りなった小枝は両腕で乳房をつつみこみ、腰をくの字によじった。くびれた腰と、ひしゃげた臀（しり）のふくらみがなんともいえず色っぽく、男ごころをそそる。

たまらず伝八郎は背後から抱きしめ、両の掌で双の乳房をすくいとった。乳首を指でつまみ、むっちりした乳房を掌で揉みあげると、小枝は咽（のど）をのけぞらせた。

「ああ、伝八郎さま……」

切なげなためいきをもらし、小枝はゆっくりと仰向けになった。なだらかに盛りあがった腹のふくらみが、太腿の合わせ目でぎゅっとすぼまり、ぷっくりした阜（おか）の茂みが羞じらうように靄（もや）っている。

なんと、おなごの躰というものは……。

かほどに美しいものであったかと伝八郎、恍惚として見惚れていると、小枝が両手をさしのべ、誘うように笑みかけた。

「もう、そのように見つめられては身がすくみまする」

それからあとは、どこをどうしたか伝八郎、気がついたときは下帯もどこかに蹴飛ばし、素っ裸になって小枝の裸身にむしゃぶりついていた。搗（つ）きたての餅のようなむちむちした乳房に顔をこすりつけ、なめらかな腹を愛しげに撫ぜおろし、ふさふさした茂みを指でかきわけた。ちいさく尖った芽を親指で慈しむように愛撫しているうちに小枝はぶるんと躰をふるわせた。

伝八郎の指を太腿でぎゅっと挟みつけると、巧みに腰をしゃくりあげ、茂みのふくらみをぐいぐいと伝八郎の躰にこすりつけてくる。眉根をよせ、唇をぎゅっと嚙みしめた小枝は、大胆に股間をひらいて臀をうかせると、伝八郎の腰に太腿を巻きつけてきた。とうに怒張しきっていた一物は、蜜をたたえた秘肉の壺の奥深く、ぬるりと呑みこまれた。その心地よさは、たとえようもない。

岡場所の安女郎しか知らなかった伝八郎にとって、小枝の熟れきった女体は別世界のものだったと言ってよい。

伝八郎は牡牛のごとく吼え、荒あらしく腰を律動させた。

小枝は快楽に身をゆだね、腰をゆすりあげては狂ったように臀を弾ませた。

行灯の灯りが、風もないのにゆらゆらと揺れた。

四

奥村孫之丞は不忍池のほとりのくさむらに腰をおろし、鴨が群れている水面にぼんやりと目を泳がせていた。

岸辺には芦が生い茂り、赤蜻蛉がすいすいと飛びかっている。

晩秋の空は雲ひとつなく晴れ渡り、風もなく絶好の行楽日和である。

池のほとりは赤く色づいた紅葉や楓の彩りをめでる人びとで賑わっていたが、その和やかな風景とは裏腹に孫之丞は悶々としていた。

ちくしょう！　いまごろは小枝のやつ……。

さっきの見るからに薄汚い身形をした御家人らしい侍と茶屋の座敷で酒を酌みかわし、口を吸ったり乳房をなぶらせたりしていちゃついているにちがいない。

そして、その先は……。

想像するだに嫉妬のほむらがめらめらと燃えあがり、もっていきどころのない怒りで臓腑もよじれんばかりに煮えくりかえる。さわれば溶けそうな小枝の柔肌、指で押せば吸いついてくるような弾力にみちた乳房や臀のふくらみ、内股のあいだにひそむ蠱惑にみちみちた熱い蜜の壺……。それらを、あのむさくるしい御家人に惜しげもなく嬲らせているかと思うだけで孫之丞は気が狂いそうになる。

「おのれ！」

孫之丞は手にふれた小石をつかみ、池に投げこんだ。水面にうかんでいた鴨の群れが、いっせいに羽ばたいて空に舞いあがった。

（あやつ、いったい何者なんだ）

肩幅は広く、胸板も厚い。身の丈はたっぷり五尺八寸はありそうだった。

（小枝のやつ、どこであんな男を……）

これまで小枝が相手にしてきた男とは、まるでちがう気がする。

小枝はどちらと言うと面食いのほうだった。最初の浮気相手は勘定奉行の悴で、女出入りの噂がたえなかったが、いちおう美男の部類に入る男だった。

つぎは葺屋町の市村座の女形で、なよなよしてはいたが役者だけに顔はととのっていた。数えあげればきりはないが、お面がいい手合いばかりだった。

もっとも、長つづきした男はほとんどいない。

（たてつづけに三つも四つも責めたてられちゃ、だれだって躰がもたんからな）

小枝の色事好きには、孫之丞も音をあげた。

婚礼の夜、初夜だというのに小枝は朝まで孫之丞を責めたてて離さなかった。てっきり新鉢（あらばち）だと思っていたが、別にがっかりはしなかった。父の上役の娘でもあり、勘定勝手方組頭というのは付け届けも多く裕福だとわかっていての婿入りだった。政略結婚みたいなもので、たとえ醜女（しこめ）でもかまわないと思っていたから、小枝がなかなかの器量よしだとわかり、得をした気分になったくらいだ。

孫之丞も根が女好きだけに、閨事（ねやごと）が好きな女は、むしろのぞむところだった。

おまけに小枝の女体は男を歓ばせる仕組みを秘めていた。初めのうちは孫之丞も、その魅力に惑溺し、小枝がもとめるままに夜の営みに励んだ。

（それにしても、あの色好みは度外れていたな）

夜ごとの営みだけならまだしも、朝の起きぬけから挑まれたり、昼間も家人の目を盗んでは納戸の中に誘いこまれたりする。これはたまらぬと、二日に一度は勘弁してくれと逃げるようになった。半年もたたぬうちに小枝のもとめに応じるのも五日に一度か、七日に一度と間をあけるようになった。

小枝の男漁りがはじまったのは、それからである。

はじめは腹も立ったが、どうせ政略結婚だと思いなおすと気がらくになった。

もともと孫之丞も婿入りする前から組長屋の出戻り女といい仲で、小枝といっしょになってから一年目には縒(よ)りをもどし、ひそかに出合い茶屋で情をかわしていたし、鳥越町の三味線の師匠ともよろしくやっていた。

ただ、幸という女中を手ごめにしようとしたというのは言いがかりもはなはだしい。一度、井戸端で洗濯をしていた幸の臀をちょいと撫ぜただけのことだ。

運悪く、それを見ていた姑(しゅうとめ)が目尻をつりあげ、騒ぎたてられたあげく、武家の婿として不行跡きわまりないとまくしたてられ、一方的に離縁されてしまったのだ。無理に尻軽女を妻にしていることもないとサバサバして実家にもどったはいいが、両親からは家の面汚しと罵られたばかりか、その噂がひろまって二度と婿の口もかかってこなくなった。おまけに情をかわしていた出戻り女は再婚してしまうし、三味線の師匠には新しい情夫ができ、あっさり袖にされてしまった。

小遣いがもらえないどころか、女にも不自由する身になった。

(あんな小便臭い小娘なんぞにちょっかいさえ出さず、小枝の浮気にも目をつぶっていれば、篠田家の婿におさまっていられたものを……)

孫之丞、いまさらながら悔やまれてならない。

女ひでりがつづくと、あれほど辟易(へきえき)していたはずの小枝の肢体が目先にちらついて耐えがたくなってくる。いまなら、小枝のもとめにこたえられるように山芋や鰻などを食い、頑張って三度でも四度でも歓ばせてやるのにと思う。そのうち赤子(やや)でもできれば、小枝の色好みもおさまるかも知れない。

たとえ変わらなくても、針の筵(むしろ)のような実家で暮らすよりはましだ。

そう、思いなおして小枝の外出を狙っては復縁をもちかけたのだが、いくら懇願しても小枝は素気なくあしらってうけつけてくれない。

このままで、もし実家から追い出されでもしたら、野垂れ死にするしかない。

（ちくしょう！　なんとか小枝をとりもどす手はないか……）

孫之丞が太いためいきをついて、くさむらに寝転んだときである。

「奥村孫之丞どの、ですな」

呼びかけられ、振りかえってみると、屈強な武士が近づいてくるのが見えた。

どこの藩士かわからないが、月代の剃り跡も青あおして、絹物らしい上質の黒羽織に仙台平(せんだいひら)の袴をつけ、白足袋(しろたび)に草履をはいた歴とした武士である。

「失礼ながら、池之端の一件を望見しておりました」

武士はだしぬけに、そう切り出した。

「え……」

どうやら、さっきの醜態を見られていたらしい。

「それにしても、かつてのご妻女を、矢部伝八郎ごときにむざむざと寝とられたとあっては、さぞかし、ご無念でござろう」

「や、やべというのは……」

孫之丞、思わず目を瞠った。この男、小枝が孫之丞の妻だったことを知っているばかりか、あの薄汚い御家人が何者かも知っているらしい。

「ははぁ、そのようすでは、きゃつのことをご存じではなかったらしい」

目尻に笑みをにじませた武士が、孫之丞のかたわらにしゃがみこんだ。

「それがしは雨宮源四郎と申す。ゆえあって、藩名はご容赦くだされ」

雨宮源四郎と名乗った武士は孫之丞のわきにどっかと腰をおろした。

「あやつは矢部伝八郎と申してな。身形はむさいが小網町の剣道場で師範代をしているだけに、剣もそこそこには使う」

「剣道場の、師範代……」

孫之丞が惨めに顔をゆがめるのを見て、雨宮はこともなげに、

「なんの、師範代と申しても、あやつのは膂力にまかせて剣を振りまわすだけのもので、技量はさしたることはござらん」

「はぁ……」

そう言われても、武芸の素養などまるでない孫之丞にしてみれば敵う相手ではない。無力感にうちひしがれている孫之丞を見て、雨宮の双眸がキラッと光った。

「実を申さば、それがしも矢部伝八郎には遺恨がござってな。あやつ、むさくるしい風体をしておるが、女には妙にもてる」

「あ、あやつが……女に」

「それがしの妹もあやつにたぶらかされたばかりか、無慈悲に捨てられたため世をはかなんで身投げして命を断ち申した」

「それは……」

「たぶらかされた妹も愚かではござるが、兄としては捨てておきがたい」

雨宮源四郎、口を真一文字に結んで吐き捨てた。

「こう申してはなんだが、それがしは東軍流で皆伝を許されてござる。町道場の師範代ごとき片づけるのは造作もないこと。……ま、命までとは言わぬまでも腕の一本ぐらいはたたっ斬ってやらねば腹の虫がおさまらぬ。ところが、あやつ、それがしが狙っていることに感づいてか、なかなかに用心深い。そこで奥村どのにあやつをおびき出す手助けをしてもらいたいのだが、いかがかな」

「お、おびきだす……」

「なに、奥村どのには高みの見物をしてもらっていて結構。あとはそれがしにおまかせあれ」

「し、しかし……」

「よろしいか、奥村どの。ご妻女にとって矢部伝八郎はこれまでのような火遊び相手とはちがい、やがては婿になろうかという男ですぞ」

「……婿、に⁉」

孫之丞、目の前が真っ白になった。小枝がひとり身でいてくれれば復縁の望みも少しはあるが、婿とりをされてしまえば打つ手はなくなる。

「奥村どの。このまま指をくわえて見ておられる場合ではござらん。あやつめが婿入りする前に手を打たねば、ご妻女を取りもどすことはできませぬぞ」

「さ、小枝を……取りもどす」

「なに、おなごというものは一度、抱いてしまえばなんとでもなるもの。しかも、奥村どのは夜ごと肌身をあわせた仲、元の鞘におさまるのに造作(ぞうさ)はござらん」

そんなにうまくいくものだろうか……。

孫之丞は疑心暗鬼のなかで心は千々に乱れた。

とはいえ、いまや失うものはなにもない。高みの見物をしていればよいというのだから、気楽なものだ。自暴自棄のなかで孫之丞は狡猾な算盤（そろばん）をはじいた。

「ともあれ、お近付きのしるしに、まずは一献酌みかわそうではござらんか」

雨宮は親しげに孫之丞の肩をたたいて、やおら腰をあげた。

五

「……あやつ!?」

上野広小路の茶店で休んでいた南町奉行所の定町廻り同心、井口源吾は参詣人で賑わう通りを黒門町のほうに向かう、ふたり連れの侍に目をとめ、腰をうかせた。

急いで懐から木版刷りの人相書きをつかみ出した井口源吾のようすを見て、茶屋女をからかっていた岡っ引きの藤八の顔がひきしまった。

「旦那。どうかしやしたんで」

「こやつだ！　まちがいない。あの、ふたり連れの侍の左側の男だ」

人相書きをつきつけ、藤八の尻をポンとたたいた。

「つけろ。おれは目立つから一丁ばかりあとから追いかける。見失うな」

「へい！　まかしとくんなさい」

胸をたたいて飛び出していった藤八の姿を目で追いながら、井口源吾は茶店の女中を呼んで耳打ちすると、ゆっくりと歩きだした。

藤八はからげていた裾をおろし、使いに出た商家の手代らしく小腰をかがめながら目を伏せたますますたすたと、ふたり連れのあとを巧みにつけている。

ふたり連れはなにやら話しながら、黒門町に突きあたると右に曲がった。

井口源吾が目をつけた侍は躰つきも屈強なら、腰もすわっている。

（できるな、あいつ……）

井口源吾も無外流の免許取りだけに、目当ての侍の腕が並のものではないと見た。

ただ、もうひとりのほうは差し料も重たげな弱腰である。

（とても、あやつが獺祭強盗の仲間とは思えんが）

首をかしげたが、もうひとりの侍はまぎれもなく北町奉行所の矢部小弥太からまわされてきた人相書きの男にまちがいない。お縄にするのは無理としても、せめて塒だけは突きとめてやろう。前を行く藤八が、ふいに左に折れた。鳥居丹波守の屋敷と小笠原信濃守の屋敷のあいだにある路地に入ったのだ。井口源吾は小笠原信濃守の屋敷の門前を小走りに通りすぎ、左手の路地に足を踏みいれた。

「うっ⁉」

藤八の姿がどこにも見えない。すこし間をあけすぎたと焦りながら井口源吾は裾をからげて長い路地を駆け抜けようとした。路地の左右に前後して鳥居丹波守屋敷と、小笠原信濃守屋敷の通用門がある。ほとんど陽光のささない暗い路地には左右に松の木が点在しているだけで、人影がなかった。鳥居丹波守屋敷の通用門前を走り抜けようとしたとき、井口源吾の目は路上に血だまりを見た。

「うむっ……」

通用門前の松の老樹の陰に藤八が突っ伏していた。

「藤八⁉」

駆け寄ろうとした瞬間、噴きつけるような凄まじい殺気を感じた。

とっさに刀の柄に手をかけようとした井口源吾は、通用門の陰から白刃をかざして襲いかかる黒い人影を目の端にとらえた。

刃風が唸りをあげ、井口源吾の肩口に嚙みついた。

第四章　黒脛巾組(くろはばきぐみ)

一

今朝は裏の物干し場に初霜を見た。例年より冬の訪れが早いようだ。

そのせいか朝っぱらから風邪っぴきの患者がつぎつぎに診療所にやってきた。

そのあいまに喧嘩して眼が腫れあがった子供と、表通りの家具屋の女中が味噌汁の鍋をひっくりかえして足に火傷(やけど)したと飛びこんできて、息をつく暇もなかった。ようやく患者が途絶え、やれやれと濡れ縁に座りこんで足の爪を切っていたら、差配の六兵衛がやってきて左足が痛むと言う。

「足を挫(くじ)いたおぼえはないんですがね。今朝、起きて後架(こうか)に立とうと思ったら左足の踵(かかと)にズキンときましたんで、へい。……先生のところに来るのも杖ついて、ビッコひきひきってんですから情けないったらありゃしません」

六兵衛の家は長屋の木戸を出た、とっかかりのところにある。いわば目と鼻の先である。六兵衛がぼやくのも無理はない。

「まさか、この年でヨイヨイってこたぁねぇでしょうねぇ」

不安そうに目をしょぼつかせている。

「ばか言っちゃいけない。ヨイヨイってのは頭の血脈が切れるか、足か腰を痛めて寝たっきりにでもならないかぎり、めったになるもんじゃないよ」

六兵衛は日雇いの大工から身を起こし、棟梁になった男だ。この長屋を建てるとき地主の弥左衛門（やざえもん）から請け負ったのが縁で、隠居してから長屋の差配をまかされるようになったということだ。地形の都合で平蔵が借りている住まいがほかより広く、造りもちがうのは、六兵衛が自分で借りるつもりで線引きしたからだと言う。

だからというわけでもないだろうが、「そのぶんお家賃は高めになりますが、使い勝手はいいはずですよ」と、ことあるごとに平蔵に自慢する。

ところが、この六兵衛、大工の棟梁をしていたとは思えないほど気病（や）みのところがあって、このあいだも柿の木から落ちて捻挫しただけで足の骨が折れたと大騒ぎしたばかりである。だから足がちょっと痛いというだけで、もうヨイヨイになりゃしないかと怯えている。

「そんな、寝たっきりだなんて、脅かさないでくださいよ」

「そういうふうに気をもむと、逆に頭に血がのぼせてヨイヨイになりかねんのだ」

ともかく診察してみたら、骨に異常はなかったが、筋がすこし腫れている。

「心配いらんよ。人間、年を取ると骨が縮んでくるから、骨と骨の継ぎ目がきしむ。荷車も古くなると車輪がギシギシしてくるだろう。あれとおなじようなもんだ」

「つまり、もう躰にガタがきてるってことですか」

「ガタがくるというのは使いものにならなくなったものだろう。古くなっても使いこなした道具は逆に新品より使い勝手がいいって言うじゃないか」

「人は道具じゃありませんよ」

「なに、人だっておなじようなもんさ。俗に生娘よりも年増のほうがいいって言うじゃないか。人間、若けりゃいいってもんじゃないよ」

「へへっ、年増がいいだなんて、先生も隅におけませんねぇ」

なにを思ったのか、六兵衛、にんまりした。

「ま、風呂でゆっくりあったまって、出たら水をかけて冷やす。これをくりかえすことだな。そうすりゃ血のめぐりがよくなって痛みもやわらいでくるよ」

じっくりと足のツボを指圧してやったら、だいぶらくになったらしく、杖をつくこともなく歩いて帰った。

六兵衛を見送っているうち便意をもよおしてきたので、路地の突きあたりにある惣後架（そうこうか）に入った。惣後架は、いまの共同便所である。

「まったく糞をひる暇もないとはこのことだな……」

ぼやきながら息んでいると、隣の後架で威勢よく屁（へ）をひる音がひびいた。この長屋の惣後架はそれぞれの路地のつきあたりにあって、いずれも並びのふたり用になっているが、落とし口は別でも肥え壺はひとつで隣とつながっているから、音が籠ってこだまする。

「ふふふ、だれだか知らんが、景気よくやってくれるじゃないか」

板壁越しに声をかけると、

「もう、せんせいったら……恥ずかしいっちゃありゃしない」

「なんだ。およしさんか」

放屁（ほうひ）の出所は隣の女房のおよしだった。

「なにが恥ずかしいもんか。出もの腫れものところかまわずってな。大奥のお女中衆でも屁ぐらいひるさ」

途端に、また一発、高らかにおよしの号砲がとどろいた。

「えらく勇ましいな。芋でも食ったのか」

「やだ、もう！」

およしがそそくさと立ちあがり、後架を飛び出していく下駄の音がひびいた。

首をのばして腰高の扉から外をのぞいてみると、およしが平蔵の住まいを訪ねてきたらしい若侍となにやら話している姿が見えた。

小網町の道場に通ってくる弟子でもなく、駿河台の実家の若党でもない。

およしが気さくに平蔵の住まいの戸障子をあけて入るようにすすめているようすだが、若侍は断って、几帳面に戸障子の前に突っ立っている。

（ちっ！　とっとと入りゃいいものを、気のきかないやつだな……）

おかげで、のんびりしゃがんでいるわけにもいかなくなった。

二

若侍は、平蔵の親友で磐根藩の側用人（そばようにん）をつとめている桑山佐十郎からの文をたずさえてきた磐根藩上屋敷詰めの土橋精一郎という近習だった。まだ二十歳ちょっとの若者で国元から出府したばかりと見え、初々しい目をしていた。

文は「今日、七つに小網町の真砂で会いたい」という簡単なものだった。

「勝手なやつだな。よび出せば、いつでも来るときめこんでやがる」

皮肉をかましたつもりだが、土橋精一郎には通じなかったらしい。

出してやったもらい物の豆大福をパクついていた手をとめ、きょとんとした。

「なにか、藩邸に変わったことはないか」

「いえ、別に。……ただ窮屈で退屈なだけです」

ぬけぬけと気楽なことをほざき、めずらしげに部屋を眺めた。

「いいですねぇ。町家住まいはのどかで……」

よほど無頓着な性分らしく、大福を五つ、ぺろりと平らげて帰っていった。

だいたい、佐十郎が真砂に平蔵をよび出すとろくなことはない。

(また磐根藩にごたごたが起きたのかな)

去年は磐根藩のお家騒動に巻きこまれ、やむなく剣をふるう羽目になった。

あのときは養父の横死もからんでいたし、情をかわした縫の危機を見過ごすわけにはいかないという義憤もあった。

「もう、去年の二の舞はこりごりだ」と思うものの、佐十郎が会いたいと言ってくれば会わないわけにはいかない。なんといっても佐十郎は、伝八郎とおなじくかけがえのない親友のひとりである。

なんとなく嫌な予感はするが、懐かしくもある。

（とにかく会ってみてのことだ）

指定してきた七つ（午後四時）にはすこし間がある。この前、向井半兵衛と斬りあったとき使った井上真改を研ぎに出しておいたが、もう仕上がっているころだ。

真砂に行く前にうけとっておこうと、早めに家を出たら、井戸端で洗濯していたおよしが口をとんがらせ、睨みつけてきた。

「そう怖い顔をするな。さっきのことはだれにもないしょだ。ないしょ」

そう言ってやったら、耳まで赤くなってプイッとそっぽを向かれてしまった。

途中で昼飯がわりに蕎麦を二枚たぐりこんで腹の虫おさえにした。

平蔵が贔屓にしている研師の文治は紀伊国橋を渡った木挽町に仕事場をかまえている。亡父の代からの馴染みで、腕はいいし、刀に血脂が残っていようが、刃こぼれしていようが、よけいな詮索をしないところがいい。刀は研ぎに出すたび刀身が痩せるが、文治は心得たもので、刀身ができるだけ痩せないように研いでくれる。

井上真改は大坂正宗と謳(うた)われた名匠で、優美な刀身に華やかな刃文(はもん)を焼き出してあるが、焼き幅が広く、刃文が鎬(しのぎ)にまで達している。斬れ味は凄まじいものがあるが、刃文の美しさはたとえようもない。亡父遺愛の刀ということもあるが、五振り持っている差し料のなかで、平蔵は井上真改がいちばん気にいっている。

「いつ見ても惚れ惚れするなぁ……」

しみじみと研ぎあがった刀身に見入っていると、

「なにせ、井上真改ですからね。悪党の五人や六人、たたっ斬ったところでビクともするもんじゃありませんよ」

文治はけろっとした顔で物騒なことを言ってニヤッとした。

蠟色鞘(ろいろざや)に井上真改をおさめ、かわりに腰に差してきたソボロ助広(すけひろ)の手入れを頼んでおいた。ソボロ助広は権門に媚びることを嫌い、生涯を極貧のなかで暮らした刀匠で、年中、ボロをまとっていたことからソボロの異名がついたと聞いている。

その生きざまも琴線(きんせん)にふれるものがあるが、なによりも剣の師である佐治一竿斎から皆伝を許されたときに拝領した刀だから、平蔵にとっては何物にもかえがたい宝物である。

京橋を渡って通町にさしかかったころ、時鐘が七つを打つのが聞こえた。

すこし足を早めて日本橋に向かいかけたとき、ものものしく鎖鉢巻きに小手脛当をつけ、白襷をかけた捕り物装束の南町奉行所の同心に行く手を阻まれた。

背後に突棒や刺股をもった捕手を引きつれ、なにやら殺気だっている。

姓名と住まい、職業を問いただされたあげく、差し料を見せろと言われた。

「いったい、なにごとですか」

と訊くと、

「よけいな無駄口をたたくな！」

目尻を吊りあげて怒鳴りつけられた。

ムッとしたが、下手をすれば捕縄をかけられそうな雲行きである。

おとなしく研ぎあげたばかりの井上真改を見せたら、

「きさま、医者のくせに両刀を帯びるとはどういう了見だ」

うさん臭そうな目で睨みつける。

「医者をしてはいるが、直参の倅だ。帯刀して不都合ということはあるまい」

逆ねじを食わしたら、

「なにぃ！　きさまが直参だという証(あか)しでもあるのか」

同心が殺気だってわめきたてたとき、

「なんだ、なんだ。神谷どのではないか」

と背後から声がして矢部小弥太が割りこんできた。地獄の沙汰もなんとやらで、小弥太の顔の効き目はたいしたものだった。小弥太がちょっと耳打ちしただけで、同心は白い目で睨みつけながらも引きあげてしまった。

「いや、おかげで助かりましたよ」

「なんの。いつもはあんな男じゃないんだが、四半刻ほど前に広小路の路地裏で定町廻りの井口源吾という同心と岡っ引きの斬殺死体が見つかったもんでね」

「ほう！　そいつはおおごとだ」

「おまけに同心の懐から例の人相書きが奪われたらしい」

「あの人相書き、が……」

「おそらく井口は人相書きにあった男を見つけ、岡っ引きといっしょにあとをつけたのではないかな」

「だとすれば、ほかに仲間がいて、同心と岡っ引きの尾行に気づき、逆襲したとも考えられますね」

「さすがですな。わしもおなじことを考えていたところだ。……ま、この先、南の連中に咎められたら、それがしの名を出されるがよい」

小弥太は目尻を笑わせると、たちまち通町の雑踏のなかに消えていった。

三

「なんだ、なんだ。遅かったじゃないか」

平蔵の顔を見た途端、桑山佐十郎は文句を言いながらも、うれしそうに顔をほころばせた。もう、だいぶ前から酒が入っているらしく顔が赤らんでいる。

「気になさらなくていいんですよ、神谷さま」

佐十郎のかたわらから、真砂の女将（おかみ）のとわがとりなし顔で笑った。

「だって、こちらはお約束の時刻より、四半刻も前においでになって召しあがっているんですから……」

「いや、すまん。遅参の言いわけをするわけじゃないが、日本橋でちょいと野暮なやつにつかまってしまってな」

「嘘をつけ。その野暮なやつはおおかた紅白粉(べにおしろい)をさした美形だろう。神谷は不思議におなごにもてるからの」

「いいんですか、神谷さま。おもんをさしおいて浮気なんかなさって」

「そう言えば、おもんの顔が見えんな」

「お生憎さま、おもんはちょいと野暮用で水戸に行ってるんですよ」

「ほう、水戸に、ね……」

どうだかわかるもんかと平蔵は内心、にが笑いした。おもんは表向きは真砂の女中頭ということになっているが、公儀隠密であることはわかっている。一度ならず危ないところを助けられたこともある。

「おい、聞き捨てならんな。きさま、おもんとよろしくやっておったのか」

早速、佐十郎が食いついてきた。

「まぁま、桑山さま。野暮は言いっこなしですよ」

とわが、すかさず佐十郎をいなしてくれた。

「ううん、ま、おもんのことはよしとしてだ。その日本橋でつかまった野暮なやつとは何者だ。うん？　どこぞの色年増か、まさかに生娘(おぼこ)じゃあるまいな。生娘はいかんぞ、生娘は……罪つくりになるからの」

「よしてくれ。そんな粋筋ならいいが、相手は殺気だった町方の同心だ」

平蔵が苦笑しながら日本橋でのいきさつを話すと、佐十郎の表情が曇った。

「と言うと、その矢部小弥太という隠密廻りは、その同心殺しも例の獺祭強盗とやらの一味の仕業だと見ているんだな」

「矢部どのだけではない。おれもそう思っている」

「ふうむ……」

佐十郎はむつかしい顔になると、とわを目でしゃくった。とわが心得顔で座敷を出ていくのを見送った佐十郎の目が、にわかにきびしくなった。

「おぬしが磐根にいたころ、百目鬼兵馬という男のことを聞いたことはないか。百の目の鬼と書いて『どめき』と読む。磐根では名門の家柄だが」

「いや、覚えはないが、えらく禍まがしい姓だな」

「禍まがしいどころではない。こやつの剣はまさしく魔剣、邪剣としか言いようがないものでな。藤枝道場でも、こやつのために何人もの門弟が片腕を失ったり、果たし合いをしたあげく斬られておる」

「藤枝先生の道場で……」

「うむ。ただし、おぬしも知ってのとおり、藤枝道場は当節流行りの竹刀稽古ではなく木刀を使っての荒稽古だ。稽古中に腕を砕かれたり、みずから果たし合いを望んで斬られても、無下に咎め立てすることはできん」

「待てよ。たしか藤枝先生から一度、おのれの剣技に増長し、人を苛むような剣を使うので破門した男がいたという話を伺ったことがあるが、百目鬼などという姓ではなかったよ」

「おお、うっかりしておった。城下にいたころは百目鬼姓ではなく、まだ倉岡姓を名乗っておったわ」

「じゃ、倉岡兵馬のことか」

「そうだ、その倉岡兵馬よ。倉岡と言えばわかるだろうが、あの倉岡大膳が下女に産ませた脇腹の子でな。おぬしが磐根に来る三年前、兵馬の剣に惚れこんだ船形どのに招かれて城下を離れてしまったから、おぬしが知らんのも無理はない」

「と言うと、兵馬は船形の重定どのの家臣なんだな」

「ああ、百目鬼というのは船形郡の名家でな。跡を継ぐ男子がなかったゆえ、兵馬に百目鬼の家名を継がせたのよ」

「その百目鬼兵馬が磐根城下にもどってきたとでも言うのかね」

「もどれるわけはなかろうが。父親の大膳は切腹し、倉岡家はとりつぶされたんだぞ。いわば兵馬にとって磐根藩は不倶戴天の敵だろうよ」

「どうもわからんな。そやつが、なにかやらかしたのか」

「やつは……脱藩した」

「脱藩！　理由はなんだ」

「草の者の探索によると、船形どのの居館になっている欅ノ館に仕えていた奥女中に懸想し、手きびしく撥ねつけられたのを恨んで斬り捨てたのが脱藩の理由だということになっているらしいが、ちがうな」

「ちがう？　なぜ、そうきめつける。惚れた女にふられてカッとなり、斬り捨ててしまう。別にめずらしいことでもなかろう」

「ところがな。兵馬にかぎって、それはない」

佐十郎はぐっと平蔵のほうに身を乗りだした。

「やつが女に惚れることはありえんのだよ」

「ははぁ、美童好みの口か」

「ちがう。……やつは、女を抱きたくても抱けんのだ」

「なにぃ……」

「おぬしも藤枝先生から、兵馬には人を苛む性癖があると聞いただろう。実は父親の大膳もそういう癖があってな。家人が失態をおかしたときなど目をそむけるほどの折檻をしたと聞いている」

「じゃ、兵馬はその血を継いだというわけか」

「さらに悪いことに、大膳は幼い兵馬が見ている前で母親と交媾っていたらしい。それも、ただの交媾いではなく責め苛んでは交媾う癖があったそうだ」

「けっ！　反吐が出るような話だな」

「うむ。わしにはわからんが、そういう癖のもちぬしというのがいるようだな」

「ああ、いる。……人間というのは聖人にも悪魔にもなる生き物だ。ことに始末の悪いことには、えてして権力の座にいる者にそういう輩が多いようだ」

「権力の座、か……そういえば暴君で知られた殷の紂王、夏の桀王、いずれも大国に君臨した権力者だな」

「なに、他国のことは言えん。大きな声では言えぬが、徳川家の血筋にも暴君は掃いて捨てるほど出ているじゃないか」

「しっ！　壁に耳ありだぞ」

「ふふふ。それはともかく、兵馬が女を苛む癖があるというならわかるが、抱けんとはどういうことだ」

「おお、それよ、それ……」

佐十郎は冷えきってしまった盃の酒をぐいと飲みほした。

「わしもくわしいことは知らんのだが、草の者が嗅ぎまわって探ったところによると、兵馬は女に興味がないというわけではなく、美しい女を見ると異常なほど執着するらしい。裸にひんむいて縛りあげては乞食坊主や中間にくれてやって犯される女を眺める。あげくにふたりとも殺してしまうこともあったらしい」

「ははぁ、嗜虐の癖というやつだな」

「ところが兵馬に抱かれた女はひとりとしておらんというんだから、なんともわからんやつだ」

「……わかるさ」

ぼそっと平蔵はつぶやいた。

「わかる？」

「ああ、わかる。嗜虐を好む手合いのひとつは女を責め、苛むことでおのれが昂ぶる。その刺激がないとモノが立たん。もうひとつは陰萎というやつで、女を抱こうとしても肝腎要のものが用をなさぬ」

「……病い、か」

「あながちそうとも言えんが、ま、それに近い。年を取るとだれしも、いずれはそうなる。どんな好き者でも、年には勝てん。おれも佐十郎もやがてはそうなる」

「いやなことを言うなよ」

「人は老いる。老いを避けることはできんさ。……が、身体壮健な若者が陰萎とくれば、男子と生まれて、こんな悲劇はなかろう」

「兵馬が、それか……」

「わからんが、話を聞くと、どうやら兵馬には女への渇望はあるが、満たされることがない。その苛立ちが嗜虐に走らせるということらしいが、その性癖はここに起因しているような気がする」

平蔵はチョンと頭をつついた。

「兵馬という男、おそらくは倉岡大膳が母親を苛む姿が目に焼きついていて、女というものを嫌悪するようになったのではないかな。それも男に弄(もてあそ)ばれ、責め苛まれながらも悦楽に悶える、そういう母親の浅ましい姿態を幼いころに夜ごと見せられてみろ。まともな男になるわけがなかろう」

「ううむ……たしかに、な」

「考えてみれば哀れなやつよ」

ぼそりと平蔵はつぶやいた。

「なにが哀れなもんか！　やつはな、船形郡に行ってからも、妊婦の腹を斬りさばいたり、ちょいと腹を立てれば家人だろうが、領民だろうが容赦なく斬殺したそうだ。その無惨な仕打ちは目にあまるものがあったと言うぞ」

「ふうむ。それで、よく重定どのが咎めなかったものだな」

「咎めるどころか、寵愛はひとかたならぬものがあったらしい。よほど兵馬の剣に惚れこんでいたとしか思えん」

「ならば、女中ひとりを斬ったところで脱藩することもなかったのではないか」

「だから、これには裏があると、わしは見ておるのだ」

「裏。……どんな裏があるというのかね」

「わしは兵馬の脱藩は、船形の隠居の差し金ではないかと睨んでおるのだ」

「重定どの、の……」

「あの隠居はとんだ食わせ者よ。去年の騒動で、ご公儀のお咎めをうけた手前、形だけは隠居したことになっているが、なかなかどうして生臭い御仁よ。おまけに後ろについておる女狐がこれまた始末に悪い。いまだに、なにかにつけて五代さまのお手つきを笠に着て、目にあまる振る舞いが多々あると言う」

五代さまとは前将軍綱吉のことである。

磐根藩主左京大夫宗明の異母弟である重定は、異母兄の宗明が幼少のころから病弱だったため、筆頭家老の倉岡大膳と結託し、みずから家督を相続したいという野望をいだいた。倉岡大膳は平蔵の養父で藩医をしていた夕斎に、嫡子宗明の毒殺を命じたが、夕斎が拒否したため刺客をさしむけ暗殺した。

このことが藩主光房の耳に入り、激怒した光房は大膳に切腹を命じ、嫡子の宗明に家督を継がせる決断をしたのである。そして重定には領内の船形郡五千石をあたえ分家させたが、光房の亡き後、重定は五代将軍綱吉のお手がついた志帆の方を正室に迎え、ふたたび野心をいだくようになった。

志帆の方は旗本加賀谷玄蕃の娘だったが、綱吉の寵臣柳沢吉保の屋敷に奥女中としてつとめているうち、柳沢邸を訪れた綱吉の目にとまり、お手がついたものの、綱吉は間もなく志帆の方に飽きてしまい、遠ざけるようになった。志帆の方のあつかいに困った柳沢吉保は、自分の養女として重定に娶らせたのである。

重定は幕閣随一の出頭人として権勢をふるっていた柳沢吉保の後ろ盾を頼み、柴山外記亡きあと藩政をにぎった高坂主馬と結託、宗明に嫡子ができないことに目をつけ、おのれの次男仙千代と、宗明の長女綾姫をめあわせようとしたのである。

綾姫はまだ三歳、仙千代もまだ十歳である。

むろんのこと藩主の左京大夫宗明は難色をしめした。業を煮やした重定は、志帆の方の実父である加賀谷玄蕃に謀り、宗明暗殺を企てた。

加賀谷玄蕃は義弟の堀江嘉門と謀り、浪人を金でかきあつめ、宗明暗殺を決行しようとしたが、その決起の寸前、平蔵、伝八郎、甚内の三人の手により、浪人集団は壊滅、堀江嘉門は平蔵が斬り捨ててしまった。いっぽう、幕府巡見使となった平蔵の兄忠利の糾弾で重定は蟄居謹慎のうえ、五千石の禄を半減され、加賀谷玄蕃は切腹のうえ、家名断絶というきびしい処断がくだされた。

これが去年、磐根藩を震撼させたお家騒動だったのである。

「じゃ、なにか。またぞろ船形の隠居がうごめきだしたというのかね」

「うむ。兵馬の脱藩こそが、船形どのが放った一の矢だと、わしは見ておる」

「根拠はあるのか」

「あると言えばあるが、確たる証拠はない」

　桑山佐十郎は太いためいきをもらし、平蔵を見た。

「おぬし、先頃から江戸市中を騒がしておる獺祭強盗のことをなんと思う」

「獺祭強盗だと!?　おい、だしぬけになにを言い出すんだ」

「いいか、平蔵。わしがひそかに奉行所に手をまわして聞いたところによると、やつらは手練れの侍たちらしい。しかもだ。商家の家人を皆殺しにし、大金を奪ったばかりか、貸付帳や借金の証文までかっさらっていったそうだ」

「うむ。そのことは聞いているが……」

「おまけに和泉屋では妻女を裸にひんむいたばかりか、手引きをした下男と交媾いをさせ、あげくにふたりとも刺し殺したらしい」

「なにぃ、血みどろの修羅場のさなかで下男と妻女を番わせたというのか」

「これは現場に駆けつけて検分した同心の推測だから鵜呑みにはできんが、けっこう核心をついた推測だと思ったな」

　佐十郎は身を乗りだし、声をひそめた。

「その同心の言うには、六十になる藤助という下男だけは縄目をかけられていなかったばかりか、尻をむき出しにしたまま、お勢にしがみついた格好で刺し殺されていたというんだな。おまけにお勢は股倉をおっぴろげたままだったらしい。

さらに同心はお勢の壺に指を入れ、交媾いの痕跡を確かめたそうだ」

「ふうむ。町方同心の調べは半端じゃないと聞いてはいたが、死体の壺に指を入れて交媾いの痕跡を確かめるとは凄いことをやるもんだな」

「別所一馬（べっしょかずま）という北町奉行所の同心だが、なかなかの切れ者でな。磐根藩からは役中頼みとして付け届けをしている男だから、表には出せない調べもこっそり耳打ちしてくれるのよ」

「なるほど、ばかにくわしいと思ったら役中頼みの筋か」

役中頼みというのは藩が町方との揉（も）めごとを処理してもらったり、ほしい情報を入手するために与力や同心につなぎをつけておく裏工作のことである。むろん、そのため藩では内々の付け届けを怠らない。

「別所の話によるとな、藤助が押し込みの手引きをしたという確証はないが、お勢と藤助が交媾ったことだけはまちがいないと確信しておるようだぞ」

「…………」

「こりゃ余談になるが、お勢は父親の借金のカタに後妻に入ったものの、亭主との情はうすかったそうだ。それにお勢は、年を取って店じゃ厄介者あつかいされていた藤助を哀れんでか、なにかにつけて庇（かば）っていたことは近所でも評判だったらしい。お勢がいなかったら、藤助はとうに店を追い出されていたにちがいないだろうというのが、もっぱらの噂だ」

「借金のカタに泣く泣く後妻に入った年増と、厄介者あつかいされていた年寄りの下男が、今生の名残りに交媾う、か……なんとも凄まじい光景だな」

「それを頭巾の下から冷酷に眺めていたやつは、まさに邪悪な外道よ」

「ううむ……」

「どうだ。この一件、いかにも百目鬼兵馬のやりそうなこととは思わんか」

「たしかに、そう言われれば、兵馬の性癖と酷似していなくもないが、それだけできめつけるわけにもいくまい」

「まだ、あるぞ。やつらに襲われた和泉屋も、山城屋も、ともに船形どのの御用商人で、しかも莫大な金を船形どのに貸し付けていたことは確かだ。すくなく見積もっても数千両はくだるまい」

「まことか……」

「さらに、もうひとつ……これこそが、もっとも懸念(けねん)される根幹(こんかん)と言ってよい」

　佐十郎は口をゆがめ、いまわしげに吐き捨てた。

「黒脛巾組(くろはばきぐみ)という輩(やから)だよ」

四

黒脛巾組（くろはばきぐみ）というのは百目鬼兵馬（どめきひょうま）が諸国をまわって浪人のなかから腕の立つ侍をえらびぬき、みずからの手兵として雇いいれた戦闘集団だということだった。

黒脛巾の名は、刀身が柄（つか）から抜けるのを防ぐため鍔元（つばもと）につける脛巾金（はばきがね）に由来してつけられたもので、鉄の結束をしめすものらしい。また「黒」は隠密集団の意味あいもあるのだろうと佐十郎は語った。

「それにしても脛巾金（はばきがね）とは嗜虐（しぎゃく）を好む百目鬼兵馬らしい発想だな」

「ま、脱落、裏切りは許さんということだろうて……」

しかも、この黒脛巾組はおよそ三十人はいるという。この三十人が粒ぞろいの剣士だとすれば、なまじな小藩の軍勢より手強いだろう。

「その全員が兵馬の家士（かし）ということか」

「そうらしい。幽斎どのもかれらの顔はむろんのこと、姓名さえ知らんそうだ」

「幽斎どのとは……」

「ああ。おぬしは知るまいが、重定どのは隠居してから幽斎と号しておるのだ。

おのれを深山幽谷に閑居する雅人になぞらえての号らしいが、あの俗臭ふんぷんたる御仁が雅人なら、わしも聖人君子になれるというものよ」

「ふふふ、佐十郎が聖人君子なら、おれはどうなるね」

「ん？　きさまは当然、女泣かせの藪医者という役どころがピッタリだろうて」

「こいつ……」

苦笑しながら、平蔵は黄菊と海鼠の膾に箸をつけた。鮎のはらわたを塩漬けにしたウルカや、鯛の煮こごりなどの珍味も膳に出されていた。

海鼠のコリコリした歯ごたえを味わいながら、

「ところで兵馬の禄高はいくらなんだ」

「表高は五百石だが、実入りはもっとあるだろうな。だいたいが船形郡のなかでも胡桃平は肥沃の地で、新田もふくめると産米は五千石はくだるまいと言われておる。兵馬の知行地は胡桃平だから千石取りの大身ということになるだろう」

「ふうん、千石か……」

平蔵、とんと食禄には縁がないから、もうひとつピンとこない。

「それで屈強の侍を三十人もかかえていられるのかね」

「いや、そうはいかんだろう。いくら巷に禄を離れた浪人があふれておるとはいっても、腕におぼえのある武士なら、すくなくとも五十石は出さんと雇えんだろう」

「それを兵馬ひとりで養っているのか」

「隠居からも幾許かの金は出ているだろうが、それではとても足りまい。ことに黒脛巾組はいざともなれば命懸けの仕事をさせるための集団だろうから、並の手当てじゃ納得せんだろう」

佐十郎はウルカを口に運びながら、ずばりと言い切った。

「わしは兵馬が黒脛巾組を使い、抜け荷に手を染めていると見ておる」

「抜け荷だと……」

平蔵は絶句した。抜け荷とは幕府禁制の密貿易のことである。

「去年、おぬしが討ち果たした堀江嘉門。あやつの生家は房州でも聞こえた安房屋という回船問屋だ。志帆の方の母方の里でもある。お方の亡父の加賀谷玄蕃にも安房屋はずいぶんと肩入れしたらしい。むろん、加賀谷玄蕃を通じ、柳沢侯にも多額の金が渡っていて不思議はない。……回船問屋は権力と結託すれば莫大な利をあげられるからな」

「なるほど、兵馬の金蔓は、安房屋か……」

「諸国の回船問屋の多くは抜け荷に手を出している。ただ、抜け荷には危険がつきものだ。異国の海賊に襲われることもあろうし、他藩の監視の目をかいくぐり、幕府の船手奉行の目もかすめねばならん」

「ははぁ、抜け荷をやるとなると、用心棒がいるな」

「それだよ。兵馬の黒脛巾組はうってつけの用心棒だろう。腕がたつだけではなく結束も固い。抜け荷に手を出しておる回船問屋なら、金に糸目はつけんだろう。兵馬はそこに目をつけたのではないかと、わしは見ておる」

「さすが磐根藩の切れ者と言われるだけのことはある。おれにはとてもそこまでは考えつかなんだ」

「よせよせ。おぬしにほめられては尻の穴がこそばゆくなる」

　佐十郎は照れ臭そうにツルリと顔を撫ぜた。このあたりは、遊里をつるんで遊び歩いた若いころの佐十郎とすこしも変わっていない。

「ま、あくまでも、わしの憶測にすぎんが……」

「いや、充分にありうることだ。そうでなくては三十人もの腕ききの剣士を飼ってはおけまいよ」

「草の者の探索によると、黒脛巾組の塒がある胡桃平の入り江に、ちょくちょく船が停泊することがあるらしい」

「そりゃ、安房屋の船だろう」

「わしも、そう思う」

しばらく黙って冷えた酒をすすっていた平蔵が、ぼそっとつぶやいた。

「もし、獺祭強盗が黒脛巾組の仕業だとすると、辻褄はピタリとあうな。和泉屋も山城屋もつぶれたとなると、船形の隠居が抱えていた借金がきれいになったうえ、ざっと九千両が手に入ったわけだが、兵馬の目当ては金だけじゃなさそうだな。金なら抜け荷の用心棒でも、たっぷり稼げる」

「むろんだ。……裏に船形の隠居がいるとなれば狙いはひとつしかあるまい」

「磐根藩、そのものだな」

「うむ。おそらく幽斎は……」

佐十郎は幽斎と呼び捨てにした。もはや主筋と見ていないということだろう。

「兵馬と、黒脛巾組を使って最後の大博打に打って出たと見るべきだ。一気に伊之介ぎみはもとより、殿のお命も……ということではないかな」

佐十郎の顔に重苦しい苦渋がにじんだ。

「しかし、いくらなんでも、そこまでやるかね」

「あの隠居ならやりかねん。おまけに片腕の百目鬼兵馬は、もともと平穏無事よりも乱を好む男だ。また兵馬が手飼いの黒脛巾組も、剣よりほかに生きるすべはないと覚悟しておる輩だ。……敵にまわせば、これほど恐ろしい相手はない」

沈痛にみちた佐十郎の双眸に、平蔵も胸をつかれた。

「ところで、伊助は……いや、伊之介ぎみはいまも下屋敷か」

「おお、この一年でずいぶんとご成長なされたぞ。頼もしいかぎりよ」

「ほう……」

あの、やんちゃ坊主の伊助がな、と平蔵は感無量だった。

「ところで、今日、おぬしを呼んだのは、獺祭強盗の一味が黒脛巾組だとすれば、おぬしも身辺に気をつけねば危ないと思ったからだぞ」

「おれが……」

「そうさ、考えてもみろ。おぬしは志帆の方にとっちゃ父の敵でもあり、叔父の敵でもある。……また兄者の忠利どのは幽斎にしてみれば、蟄居謹慎のうえ領地半減という屈辱を招いた張本人ということになる。狙われても不思議はあるまい」

「そうか、迂闊だったな……つい、磐根藩のことばかりに目が向いていて、すでに、わが身にふりかかっていた火の粉に気づかなんだ」

「すでに、と言うと……なにかあったのか」

「刺客だよ」

「刺客⁉　まことか……」

道場の武者窓からのぞいていた向井半兵衛との出会いから、頭巾の侍と同席していた向井半兵衛を見たいきさつ、最後に向井半兵衛と斬りあい、妻女への命金を託されるに至った一部始終を平蔵から聞いて、佐十郎は思わずうめいた。

「そうか、やはり、もっと早く貴公に知らせておくべきだったな。その浪人を雇った頭巾の侍は、まさしく百目鬼兵馬だよ。……すまん。わしが去年、貴公を巻きこんだばかりに、とんだとばっちりをかけてしまった」

「なんの、気にするな。加賀谷玄蕃や堀江嘉門とのいざこざは縫どのや希和どののために買って出た喧嘩だ。つまりは惚れた女のためで、佐十郎のせいじゃない」

平蔵は軽く片手を振って、笑い捨てた。

「むこうが売ってきた喧嘩なら、買ってやるまでさ」

「だが、敵はひとりじゃない。三十人の黒脛巾組だぞ」

「いや、やつらが総力をあげて仕掛ける相手は、おれでも、兄者でもなく、磐根藩そのものだ。兵馬がおれの刺客に向井半兵衛をさしむけてきたのは、いざというときの手兵でもある黒脛巾組をひとりたりとも減らしたくなかったからだろう。だから、使い捨てにして惜しくない浪人を金で雇ったのさ」

平蔵はきびしい目で佐十郎を見すえた。

「宗明さまの出府はいつごろになる」

「来春だが……」

「だとすれば、当面、やつらが仕掛けるのは下屋敷にいる伊之介ぎみだろうが、下屋敷の警護は大丈夫だろうな」

「藩士のなかの手練れを十人ばかり下屋敷にさしむけてあるが、それでは心もとないのでな、藤枝重蔵どのに頼んで江戸に出向いてもらっている」

「ほう。藤枝先生が江戸に来ておられるのか」

「どうだ。一度、下屋敷に足を運んでみぬか」

「下屋敷に、おれが、か……」

「おぬしも、その頭巾の侍とやらが、百目鬼兵馬かどうかをたしかめておく必要があるだろう。兵馬のことなら藤枝先生が、だれよりもよく知っておられる」

「そうだな。藤枝先生にもひさしくお目にかかっておらんしな」

「な、そうしろ。おぬしとて伊之介ぎみのご成長ぶりを見たいだろうし……」

佐十郎、にやりと片目をつぶってみせた。

「縫どのにも会いたかろう。ん？」

「おい。そりゃ、嫌味か……」

「ばかを言え！　またとない友人への思いやりというやつよ」

「なにが思いやりだ。一藩の側用人(そばようにん)ともなれば口もうまくなるもんだな」

「はっはっは。さてと、気の重い話で酔いもさめた。ゆるりと飲みなおそう」

笑いとばして勢いよく手をたたいた。

「おい！　酒だ。酒だ」

五

「黒脛巾組(くろはばきぐみ)、か……」

一筋縄ではいきそうもない強敵を相手にすることになったらしいと気をひきしめながら、平蔵は日本橋から本舟町を右に折れた。

月が雲間に見え隠れしている。真砂で女将からぶら提灯を借りてきたが、灯りはなくても月光で足元はよく見える。

蠟燭の火を吹き消した。酔った頰を夜風が心地よくなぶる。時刻は五つ（八時）をすぎている。さすがに十軒店の大通りも人影が見えない。

向井半兵衛に襲われたのも、こんな無人の夜道だったことを思いだした。

油断はできぬな……。

そう、思った途端、雪乃のことが気がかりになってきた。やつらの手に雪乃が描いた実物そっくりの人相書きが渡ったとなると、描き手はだれかと考えるはずだ。あの頭巾の侍は、百目鬼兵馬にまちがいあるまい。おのれが顔をさらした相手はだれかと兵馬がかぞえあげていけば、行きつく先はおのずとかぎられてくる。

乗物町の橋を左に曲がれば新石町だが、まっすぐ鍛冶町に向かった。

町木戸を抜けた先に屋台の蕎麦屋の提灯が見えた。ふいに腹の虫が騒ぎだした。

考えてみれば、今夜、腹にいれたのは酒と小鉢物だけだった。

「熱いのをひとつもらおうか」

と、屋台に首をつっこんだら、

「旦那、いいご機嫌ですね」

　笑いかけたのは仁吉だった。矢部小弥太の下で岡っ引きをやっている嘉平の子分で、去年はこの仁吉が漕ぐ猪牙舟に助けられたことがある。

「ほう、今度は蕎麦屋ときたか……」

「へへ、あっしの仇名は百化けの仁吉ですぜ。蕎麦屋だろうが鋳掛屋だろうが、なんだってやりまさぁ」

　手際よく蕎麦を湯がきながら、目をひょいとしゃくり、ニヤリとした。

「あの雪乃って別嬪さんのことならしんぺえいりやせんぜ」

「ん？　どういうことだ」

「なにね、腕っこきの用心棒が、しっかり別嬪さんに張りついてますのさ……」

「用心棒だと？」

「ま、熱いのを一杯腹にいれてから、ちょいとのぞいてごらんになりゃわかりまさぁ。……へい、どうぞ！」

　ほかほかに湯気がたっている掛け蕎麦の丼と箸を渡された。

「お……」

　ふうふう息を吹きかけ、舌が焼けそうに熱い汁をすすり、蕎麦をたぐった。

「その、用心棒は矢部さんが手配してくれた男か……」

「そりゃ、あっしでさぁ」

仁吉は指で鼻をつついて笑った。

「この鍛冶町にゃ、しっかり親分の手配がまわってますんで、おかしな二本差しがうろつきやがったら、すぐに木戸をおろしちまって半鐘鳴らす手筈になっておりやす。まず、しんぺえはいらねぇと思いやすよ」

どうやら小弥太は打つべき手はちゃんと打ってくれているらしい。

熱い蕎麦を腹におさめたところで、雪乃の家の前まで行ってみた。まだ起きているらしく、板塀のむこうにほのかに灯りがさしている。なにか楽しげな笑い声も聞こえた。雪乃の声にまじって明るい若者の声が外まで聞こえてくる。

あいつ……。

まぎれもなく檜山圭之介の声だった。

目の前の板塀にちいさな節穴があいていて、かすかに灯りがもれている。のぞいてみるとふたつの影法師が障子にふわりと映っている。なんともほのぼのとした情景だった。そっと跫音（あしおと）をしのばせ、仁吉の屋台にもどった。

「わかりやしたかい」

「ああ、ありゃ折り紙つきの用心棒どのだよ」

「ああやって木戸がしまる前になると、ちゃんとご帰宅なさるんでさ。そんときゃ別嬪さんが表に出てきて、お見送りなさる。なんとも歯がゆいくれぇ、きちんとしたもんでさぁ」

「ふふ、圭之介は堅物だからな」

「へへ、こちとらにしてみりゃ、じれってぇくれぇのもんですがね。ああいうのも、またいいもんでござんすねぇ」

そう言えば、先日、圭之介が絵筆を走らせている雪乃の指先や横顔に、熱い眼ざしをそそいでいたことを思いだした。

あの眼ざしには鮮やかな雪乃の筆使いへの賛嘆だけではなく、美しい女によせる若者の憧憬もあったにちがいない。

若者の憧憬はまっすぐ思慕に向かう。

おそらくは、雪乃の引っ越しの手伝いがきっかけになったのだろう。

脇目もふらぬ若者のひたむきな思慕が、ちょっぴりうらやましくもあった。

それだけ、おれも年をとったのかなと、平蔵、思わず苦笑した。

第五章　妖剣陽炎（ようけんかげろう）

一

　向島は隅田川を渡った対岸にあり、市民からは本所や深川とおなじく「川むこう」とよばれている。ただ、本所や深川は民家が密集しているのに対し、向島は田畑がのどかにひろがる田園地帯だった。

　大川を渡ったとっかかりに細川若狭守と松平越前守の下屋敷があり、そこから江戸川に通じる運河がある。その運河の北が向島になる。

　隅田川と運河がまじわる向島の角地に水戸家の広大な下屋敷があるが、ほかは小梅村、寺嶋村など、百姓家とそれに付随する水田や畑、それにいくつかの寺社がぽつんぽつんと点在する鄙（ひな）びた土地であった。その野趣（やしゅ）を好んだ江戸の大商人がところどころに隠宅をかまえているが、花見どきや紅葉狩りの季節に客を招いて風雅を楽しむぐらいで、日頃はめったに使われることがない。

いわば向島は江都の繁華とは無縁の別世界であった。

その一角に成願寺という虚無僧寺がある。かつては無住の荒れ寺だったが、綱吉の発願により虚無僧寺として修復された。藩が取りつぶされ、ふえつづける浪人を救済するため、虚無僧を収容しようというもので、寺の修復費用から歳費にいたるまで房総随一の回船問屋安房屋が負担していると言われている。

虚無僧は有髪の僧で帯刀を許されていたから、仕官の途をとざされた浪人がとりあえず飢えをしのぐ方便になっていた。門付けの物乞いにはちがいないが、深編笠で顔を隠すことができるから武士の矜持を保つことができる。

歴代将軍のなかでも綱吉により改易、減封された大名は外様十三家、譜代二十七家と突出している。藩がつぶれたら藩士は浪人するしかない。浪人は食うための方途をもとめて江戸をめざし、江都は浪人であふれ、辻斬り強盗が多発した。

虚無僧は門付けだが辻斬り強盗よりはましだ。おまけに修復費用から歳費まで安房屋がもつから幕府の腹は痛まない。苦肉の策と言える。

成願寺の敷地はおよそ六千坪、水戸家の下屋敷ほどではないが、本所の回向院より広いだろうと言われていた。

その日の深夜、成願寺の本堂に三十人あまりの虚無僧が集まっていた。

虚無僧らしく墨染めの衣におきまりの袈裟をかけてはいるが、月代は青く剃りあげ、髷は白い元結できりっと結いあげている。手には尺八をもっているが、腰に脇差しをたばさみ、右脇に大刀をひきつけている。衣の裾からむきだしになっている素足には足袋もはいていない。日焼けした精悍な風貌、炯々たる眼光、どう見ても有髪の僧というよりは鍛えぬかれた戦闘集団としか見えなかった。

底冷えする寒気がしんしんと床板から這いのぼってくる。火桶ひとつない広間に蝟集した虚無僧たちは身動きもせず、上座に端座している亀甲紋様の頭巾をかぶった首領らしき侍に目を向けていた。首領は黒の羽織を着用し、仙台平の袴に白足袋という歴とした武士の装束だった。

左右には三尺大の丸行灯がおかれ、百匁蠟燭の炎が音もなくゆらいでいる。大蠟燭の灯りが侍の頭巾の亀甲紋様をくっきりと浮きあがらせていた。

「いまさら念を押すまでもないが、われら黒脛巾組の使命はひとつ、磐根五万三千石をわれらの手につかみとることにある」

その声は低く、しゃがれていたが、寂として静まりかえっている広間の隅々にまでしみわたった。

「神君権現さまの御代より、代々武勇の家柄として聞こえてきた磐根藩も、先代光房さまが亡くなられてからは奸臣柴山外記、佞臣桑山佐十郎があいついで藩政を壟断、いまや腐れ果てたる吏僚の巣窟となった。左京大夫宗明は佞臣にたぶらかされ、身は病弱にして文弱、藩主の器にあらず。このままでは磐根藩の行く末も長くはあるまい。……われらは鉄の結束をもって磐根藩の正邪をたださんがため、勇武の器でおわす幽斎さまを藩主にいただくために日夜辛苦をともにしてまいった。この大願成就の暁には貴公らこそが磐根藩の中枢となる」

首領は懐から一通の書面をとり出し、高々と掲げてみせた。

「ここに幽斎さまからいただいた書き付けがある。幽斎さまが磐根藩を掌握なされたときは黒脛巾組の者にはひとしく三百石の扶持をあたえ、先手組にとりたてるという幽斎さまのご約定がしるされている」

ざわめきが広間に小波のようにひろがっていった。

禄高三百石というのは新規召し抱えとしては異例の厚遇であり、また先手組といえば武功の士という扱いになる。不満のあろうはずはなかった。

「これで幽斎さまが黒脛巾組をいかに頼りになされているかわかるであろう」

目出し頭巾のなかで首領の双眸がキラッと光った。

「その黒脛巾組の真価をしめすときは間近にせまった。左京大夫宗明は来春年明けに出府する。いま、磐根藩下屋敷にいる伊之介を上様に御目見得させるためであることは言うまでもない」

御目見得とは藩主が跡目を継ぐべき男子を将軍に披露する儀式である。大名はもとより、徳川譜代の旗本も、この儀式を果たさぬうちに没するようなことがあれば家名断絶の憂き目を見る。

「この伊之介御目見得の儀を断じて許してはならぬ！」

たたきつけるような激しい語気が、頭巾の侍の口からほとばしった。

「かねて申し渡してあるとおり、左京大夫宗明出府の前に、われら黒脛巾組の手で下屋敷にいる伊之介とやらいう小倅を討ち果たさねばならん！」

一気に言い放つと、頭巾の侍は目尻にうっすらと不気味な笑みをうかべた。

「左京大夫の血筋をひく男子がいなくなれば、そのときこそ磐根藩国家老をはじめ執政どもが左京大夫の娘である綾姫に、幽斎さまの御子仙千代ぎみをめあわせ、若君に推挙する手筈になっておる。……もし、左京大夫がこれを拒めばやむをえん。お家の御為、国家老どもが左京大夫に隠居をせまる。それでも聞きいれられぬときは、それがしが討ち果たすまでのことよ」

にわかに広間がどよめいた。

「それはなりませぬぞ！　お頭領の手を煩わすまでもございませぬ。その役、不肖ながら、この雨宮源四郎に仰せつけあれ」

「いや、それがしにこそ申しつけられよ！」

われもわれもと名乗りをあげる者が続出し、広間は騒然となった。

「ふふふ、まぁ、そう急くな。……幽斎さまよりの書状によれば、側用人の桑山佐十郎ほか二、三名の佞臣をのぞいて磐根藩内の家老、執政、重臣どもは残らず幽斎さまに内通しておるとのことだ。かつての倉岡派は健在なりということよ」

首領の双眸に皮肉な笑みがうかんだ。

「もとより、これには、われらが送り届けた軍資金がものを言ったことは言うまでもなかろう。君側の奸たる桑山佐十郎を斬れば幽斎さまの意に逆らうものは藩内になくなろう。さすれば左京大夫も隠居するほかあるまい。仙千代ぎみと綾姫の婚儀がととのうてしまえばこっちのものだ。ゆるりと左京大夫を始末し、幽斎さまが仙千代ぎみの後見人となられたときこそ、磐根藩はわれらの天下となろう」

首領は脇差しの鯉口を切り、鋭い鍔鳴りの音を立てた。

「ぬかるまいぞ！」

「おう！　おう！　おう！」

野太い声が湧き起こり、虚無僧の集団は首領に呼応し、いっせいに鍔鳴りの音を広間にひびかせた。

　そのときを待っていたかのように本堂の戸口に手燭の灯りがさし、侍女をしたがえたひとりの貴夫人が衣ずれの音とともに本堂に入ってきた。目も綾な金糸銀糸に彩られた打掛けの裾が歩みにつれて動くたび、上質の香料の匂いがただよう。

　丸行灯の灯りに照らし出された貴夫人の容姿は、さながら錦絵の美人のように美しく、犯しがたい威厳を身につけていた。

　広間に集結していた虚無僧がいっせいに平伏した。

「……これは、お方さま」

　ひとり、首領の侍だけは迷惑と言わんばかりに露骨に眉根をよせ、形ばかりに腰を折って見迎えた。

「これまでの黒脛巾の者の働き、うれしく思いまするぞ」

　お方さまとよばれた女性は上座から集団を見渡した。

「そなたたちをもってすれば下屋敷にいる伊之介めの成敗は、わけものう仕遂げられましょう。……なれど、その前にもうひとつ仕遂げてもらわねばならぬことがあるのを、よもや忘れてはいまいな」

「お方さま、そのことならば雨宮源四郎が手筈をととのえておりまする」

「源四郎、そちの手筈とは、いま、離れ部屋でおなごと淫らにじゃれおうておる奥村孫之丞(まごのじょう)とやら申す男を囮(おとり)に使(つこ)うて、矢部伝八郎を討ち果たすというのであろう」

　源四郎はやおら背筋をのばし、落ち着いた表情で貴夫人に目を向けた。

「仰せのとおりにござる」

「あのような痴(し)れ者が使いものになるのかえ」

「俗に、なんとかと鋏(はさみ)は使いようと申しまする。あやつなればこそ矢部伝八郎めも油断してのこのこと出向いてまいるにちがいありませぬ。さらに、いまひとり、かならず矢部伝八郎めがうつつを抜かしておるおなごも餌にいたすつもりゆえ、かならずや罠にかかりましょう」

　首領の侍が膝を押しすすめた。

「そればかりではございませぬ。源四郎は神谷平蔵を討ち取る手筈も立てておりまする。神谷平蔵は源四郎にとっても兄の怨敵(おんてき)にござる。かならずや神谷平蔵、矢部伝八郎の両名を討ち果たし、お方さまのご無念はお晴らし申しあげましょうぞ」

「よくぞ申した。神谷平蔵はわらわが父上のお命をちぢめ、加賀谷家に断絶の憂き目を負わせたばかりか、叔父の堀江嘉門どのを刃にかけた不倶戴天の敵じゃ。それに手を貸した矢部伝八郎、井手甚内の両名を合わせた三名の不逞の輩、きっと討ち果たしてくれまするな」

「仰せられるまでもござらぬ。きゃつらを生かしておけば、またぞろ桑山佐十郎めの口車に乗せられ、下屋敷の警護に手を貸すやも知れませぬ。そうなっては伊之介めの成敗にさしさわる恐れもありますゆえ、きっと仕留めてみせまする」

「よう言うた」

満足そうにうなずいた貴夫人は、侍女に小判の包みをのせた三方を運ばせた。

「これは皆の者への当座の褒美じゃ。存分に酒でも酌みかわすがよい」

貴夫人は打掛けの裳裾を優雅に翻し、本堂をあとにした。

二

「これはたまらん。……ふふふ、これこのようにおなごを両腕にしていては、眠ろうにも眠れぬわ。こ、これ、そ、そのような……ふふ、ふふふ」

奥村孫之丞は左右の腕に女体をだきかかえ、紅い唇から口うつしにされた酒を涎(よだれ)のようにこぼしつつ、羽化登仙の境地をさまよいつづけていた。

雨宮源四郎という侍に誘われ、猪牙舟(ちょきぶね)で来たのは向島だった。

いかめしく土塀をめぐらせた屋敷に連れこまれたときは、不安にもなったが、

「ここは知る人ぞ知る、隠れ遊びの宿でござるよ」

風雅を凝らした離れ座敷に案内されると、すぐに薄衣(うすぎぬ)ひとつまとっただけの遊女ふたりがあらわれ、すすめられるまま酒を飲んでいるうち、雨宮源四郎は「今宵は存分に楽しまれるがよい」と耳打ちして、どこへやら消えてしまった。

どこから、どうして集められてきたのかはわからないが、ふたりの遊女は飛び切りの上玉だった。肌が透けて見える薄衣の襟から、ふっくらした乳房がこぼれ、脂がのった太腿の合間にほのかな陰りが煙っている。丸行灯の柔らかな火影のなかで、ぴったりとふたりの遊女に寄り添われて飲む酒の旨さはたとえようもない。

紅い唇を吸い、乳房をなぶっているうち気がついてみると衣服をすっかり脱がされていた。誘われるまま隣室に導かれると、絹夜具が敷かれていた。火桶には真っ赤に火のついた炭火が入っている。

両腕にふたりの遊女をかかえたまま夜具にもつれこみ、そこから先は、もう無我夢中だった。ひとりの女が孫之丞の口を吸うあいだに、もうひとりは孫之丞の睾丸をやわやわと指でなぶり、蛭（ひる）のような粘っこい口で一物をくわえて巧みな舌技でもて遊ぶ。仰向けになって女の臀を抱き寄せ、太腿を押しひらき、ぬめる狭間を舌でしゃぶると、ひとりが孫之丞の腰にしゃがんで、すっぽりと一物を壺にくわえこみ、巧みに腰を使いはじめる。

「こ、このような……」

世界があったのかと、孫之丞は魂も宙に飛ぶ思いがした。まさに眠ろうにも眠れない陶酔境をさまよいつづけ、もはや、ここがどこか、いま何刻かもわからなくなっていた。

とろとろとまどろんでいた孫之丞はふいに尿意をもよおしてきた。女を起こそうとしたが、ふたりとも孫之丞との淫技に疲れ果てたと見え、眠りこけている。しかたなく床から起きあがった孫之丞は女の薄衣を身にまとい、ふらつきながら廊下に出た。

「ううっ……」

凍りつくような夜の寒気に孫之丞、思わず胴ぶるいした。とても厠（かわや）まで行く気がしない。幸い部屋の前は竹垣で囲われている。不精をきめこんで薄衣の前をはだけると庭に向かって放尿しはじめた。たまりにたまった小便が湯気を立てながら放物線を描いて落下する。目を細めながら放尿の心地よさを味わっていたとき、彼方の母屋から黒い影法師の群れが吐き出されてくるのが見えた。

「……!?」

孫之丞、屁っぴり腰になって放尿をおえた。

ありゃ、なんだ……。

とても雨宮源四郎が言ったような隠れ宿を訪れてきた遊客とは思えない。身形(みなり)は僧侶のようだったが、いずれも二本差しだった。ふいに得体の知れない不安がこみあげてきたが、この夜更け、いまさら逃げ出すこともできない。

不吉な予感に怯(おび)えながら奥の座敷にもどった孫之丞は、あっけらかんと寝こけている遊女の姿態を眺めているうち、にわかに興ざめしてきた。なんのことはない。ふたりとも深川あたりの岡場所にごろごろしている湯女(ゆな)や安女郎とすこしも変わりはなかった。

ふいに小枝の艶やかな姿態が瞼(まぶた)にうかんできた。どんなに奔放な痴態をしめしたときでも、小枝はこんなぶざまな格好を見せたことはなかった。肌も吸いつくようになめらかで、匂いにも品があった。

なにやら途方もない間違いを犯しているような気がしてきて、

「ああ……」

孫之丞は思わず、やるせない吐息を深ぶかともらした。

三

磐根藩の下屋敷は深川を割って東西に流れる小名木川沿いの大島町にある。

小名木川は隅田川と江戸川をつなぐ運河で、木場や幕府の猿江御材木蔵にも通じているため、昼間はひっきりなしに川舟の櫓を漕ぐ音が聞こえる。東の亀戸村には五百羅漢で知られた羅漢寺が、さらに北には藤の名所亀戸天神社がある。

平蔵が磐根藩下屋敷を訪ねたのは八つ（午後二時）をすぎたころであった。

門番に来意を告げると、土橋精一郎が飛ぶような足取りで出迎えにきてくれた。

「やあ、神谷先生。先日は大福を馳走になり、ありがとうございました」

さも親しげに満面に笑顔をうかべて礼を言ったところを見ると、ぺろりと五つも平らげた豆大福がよほどうまかったのだろう。初対面のくせに図々しいやつだと思ったが、ちゃんと礼を言うあたり育ちは悪くないらしい。

「おぬしは上屋敷詰めではなかったのか」

と訊くと、ぺろりと舌を出し、屈託のない声で、ぬけぬけとほざいた。

「きさまは気楽な下屋敷のほうが向いているだろうと、桑山さまに見抜かれてしまいました。……ははは、お側御用を務められるだけあって、人の向き不向きを見る目はさすがだと感服いたしました」

精一郎の言うとおり、確かに下屋敷詰めは気楽だろうが、留守番がわりの、いわば閑職である。上屋敷から下屋敷にまわされる人事は左遷にひとしい。にもかかわらず、すこしも苦にするようすもなく気楽に感服しているあたり相当に図太い男だなと呆れたが、どちらかと言うと平蔵はこの手の男が嫌いではない。

きれいに刈りこまれたサツキの植え込みのあいだをぬいながら、ゆるやかな石段がつづいている。

「いやぁ、いいですねぇ。下屋敷詰めは……」

先に立って案内しながら土橋精一郎は、大きく深呼吸した。

「こう、潮の匂いがするところなどたまりませんよ」

「海が好きなのか」

「いえ、もう、海だろうが、川だろうが、魚がいれば釣りたくなる性分で困ったもんです」

どうやら、こやつ、根っからの気楽とんぼらしい。人柄は好さそうだが、こんな男ばかりでは下屋敷の警護も心もとないものだと苦笑したとき、

「おお、神谷。……よく来てくれたな」

と声をかけながら、藤枝重蔵が石段を踏んでおりてくるのが見えた。

「これは、先生。一別来、文もさしあげず、申しわけありませぬ」

「なんの、堅苦しい挨拶など無用、無用！」

かつては寄りつきがたいほどいかめしかった藤枝重蔵の顔が、とろけんばかりに笑みくずれている。よほど平蔵の来訪を待ち侘びてくれていたらしい。

なにやら平蔵、胸がジンと熱くなった。

「出がけに子供の腹くだしがとまらないと母親が駆けこんでまいったので往診しておりまして、つい遅くなりました」

「おお、それはそれは……医師は人の命を救う重いつとめだ。それにしても神谷ほどの剣士が、よう武士を捨てる気になったたな」

「いえ、捨てるつもりが、なかなかに捨てきれません」

「桑山さまに聞いたが、小網町で剣道場もやっておるそうだの」

「なに、わたしは暇なときに手伝いにいくだけで、門弟も二十人そこそこのちんまりとしたものです」

「いいではないか。医業のかたわら剣の研鑽も忘れぬ。うらやましいかぎりだ。わしなど剣一筋と言えば聞こえがよいが、ほかに取り柄がないというだけの話でな」

藤枝重蔵はほろ苦い目になったが、かたわらの土橋精一郎をかえりみて、

「そうだ。忘れておったわ……この土橋精一郎という男、見た目は野放図でとりとめもないが、なかなかに鋭い太刀筋を使う。せいぜい目をかけてやってくれ」

思いがけない藤枝の言葉に、平蔵は目を瞠り、あらためて精一郎の顔をまじまじと見つめた。そう言えば近頃の軟弱な侍とちがい、両刀をたばさんだ腰がふらつくことはないし、背筋もすきっとしている。

「貴公。ただの釣りばかじゃなかったようだな」

「いや、剣を振るよりも釣竿を振っているときのほうが多いのは事実ですから、やはり釣りばかの口ですよ」

弱ったな、というふうに鬢のあたりをボリボリ指でかきながら、精一郎は剽げ

た弁解をした。なんとも憎めない男だ。めったに人をほめない藤枝重蔵が認めるからには、剣才も相当なものにちがいない。

　どうやら、人を見る目はまだまだ藤枝先生に遠くおよばないらしい。

四

「……まちがいない」

　平蔵がこれまでのいきさつを語るあいだ、黙念と耳をかたむけていた藤枝重蔵が、やおら重い口をひらいた。

「そやつが百目鬼兵馬(どめきひょうま)だ。眉目(まゆめ)のあいだが常人よりひらいた三白眼といい、愛用している亀甲紋様の頭巾といい、すべてが兵馬にあてはまる」

　腕組みをといた藤枝は明るい陽射しにあふれた書院の庭に目をうつし、なにやら考えているようだった。その横顔のきびしさに平蔵は胸をつかれた。

　ふたりとも、かたわらの火桶には手をかざそうともしない。

「人相書きをお持ちしようと思っていたのですが……」

「いや、見るまでもなかろう」

藤枝は鋭い眼ざしで平蔵を注視した。

「三年前の、磐根藩をふたつに割ったお家騒動……あのときの首謀者だった筆頭家老倉岡大膳のことは神谷もあらかた知っておろうが、家紋までは覚えていまい」

「家紋、ですか」

「これが三つ持合亀甲(もちあいきっこう)という家紋でな……」

藤枝は書院の隅にひかえていた土橋精一郎をかえりみて、

「おい。矢立(やたて)をもっているか」

矢立は筆硯(ひっけん)を携帯する道具である。精一郎が膝行し、腰帯にさしていた矢立を藤枝にさし出した。藤枝は懐紙にさらさらと筆を走らせ、三持合亀甲の図柄を記した。

「神谷が見たという侍の頭巾にあった紋様はこれではなかったか……」

「あ……まさに」

亀甲が三つ、俵積みになったような紋様を見て、平蔵は大きくうなずいた。

「変わった亀甲柄だと思いましたが……まさか、倉岡家の家紋だとは」

「あやつは父の大膳を憎みながらも、倉岡家の血筋には執着しておってな。なにかにつけて倉岡の家名を鼻にかけておった。ま、あやつが倉岡大膳の血筋を引く唯一の男子だと思えば無理からぬことではあるが」

「唯一の、と言いますと……倉岡大膳には嫡子が」

「うむ。娘がいたが男子はいなかった。本来なら庶子といえども兵馬を跡目にすえるところだが、大膳はよほど兵馬を嫌っていたのだろう。……船形どのに請われたのを幸いに倉岡家から出して百目鬼の跡目を継がせたのだろうよ」

「それでも、なお、兵馬は……」

「うむ。血筋は争えぬとはよく言うたものでな。兵馬は容貌も気質も、父の大膳とよく似ておった。大膳はそういう兵馬を見ると、おのれを見るようで耐えられなかったのやも知れぬな。大膳は頭は切れたが、嗜虐を好む性があった。ただし、大膳は磐根藩随一の名門の嫡子で、若くして執政の座についたゆえ、悪しき面は表に出ず、優れた才をのばすことができた。ところが兵馬の母は、屋敷の肥え汲みに来ておった百姓の娘ゆえ、兵馬は生まれたときから日陰の身として育てられた。……それが兵馬の性根の歪みを、さらに助長してしまったのではあるまいかの」

　淡々と語る藤枝の声には、心なしか暗澹たるひびきがあった。

「……哀しい男でございますな」

「うむ……たしかに哀れな男ではある」

ぼそっとつぶやいた藤枝重蔵は、一転して切りつけるような声音になった。

「が、だからと言うて兵馬の所業が許されるものではない。江都を騒がせておる獺祭強盗とやらの一味の首魁は兵馬にまちがいないと桑山どのからも伺った。罪もない商家の奉公人をはじめ頑是ない幼児まで皆殺しにするなど、鬼畜の所業だ」

火を吐かんばかりの声の激しさだった。

「だがな、神谷。きゃつの剣だけは若いころから侮りがたいものがあった。剣は人をも磨くと言うが、あやつのような人間にも剣をもたせてしまう武士というものに疑念を抱かざるをえない。ましてや、わしのようなものが剣を教えること自体、恐ろしくなってくる」

「先生……それは」

「ふふ、わかっておる。言うても詮ないことを口走るようでは、わしも年をとったということだな」

「なんの、あのような男は、めったに生まれるものではありますまい」

「さて、そうならよいが……」

「百目鬼兵馬の剣とは、それほどに難剣ですか」

「いまの兵馬の太刀筋を見たわけではないから確かなことは言えぬが、一筋縄ではいかぬ難剣であることは間違いない」

　藤枝重蔵はめったに崩れることのない重厚な剣を使う。平蔵とおなじく佐治一竿斎に剣を学び、若いころは佐治道場の麒麟児（きりんじ）とまで言われた非凡な使い手だったと聞いている。その藤枝重蔵が一筋縄ではいかない難剣と言うからには、百目鬼兵馬は並の剣士ではないということだろう。

「いったい、兵馬の剣とはどのようなものなのです」

「それがよくわからんのだ。江戸で修行したと聞いているが、腕がなまらぬようにときどき稽古に通いたいと言うので、倉岡家老の倅（せがれ）でもあり断るわけにもいかず出入りを許しはしたが、わしは一度も立ちおうたことはなかった。ひと目見て根性のひねくれたやつとわかっていたからな」

　もう髪に白いものがまじりかけている藤枝重蔵が、胸のなかの汚物を吐きだすように口をへの字に歪めた。

「ただ、弟子のなかには権勢並ぶものなき筆頭家老の倅というので、へつらい心もあってのことだろう、好んで稽古相手を買って出た者も何人かいた。そのなかのひとりは右腕をたたき折られた。そやつの言うには、鋒が陽炎のようにゆれ、兵馬の姿がその陽炎のなかに消えてしまったのだという」

「……陽炎、ですか」

「うむ。そやつは道場でも上席に入る男だったから、まんざらの出まかせとは思えぬ。わしの弟子ではないが、ほかにもおなじようなことを言う者がいたな。……なんでも立ち合っているうちに目が霞んでくるような気がしたかと思うと、したたかに打ちこまれていたらしい」

「…………」

いったい、どんな剣を使うのか見当もつかない。

どうやら容易ならぬ敵を相手にすることになりそうだと、平蔵は総身に粟立つような緊張感をおぼえた。

「桑山どのから百目鬼兵馬が胡桃平の館に仕えていた奥女中を斬って脱藩したと聞いたとき、わしは不吉な予感がした。……脱藩は口実で、裏には禍まがしい悪意がひそんでいるにちがいないと、な」

「わたしもおなじことを思いました」

「神谷。わしは兵馬を斬るために出府したのだ。やつが下屋敷にあらわれたら、わしが斬る！　が、江戸市中までは手がまわらん。もし、やつに出会うことがあれば神谷が斬れ！　神谷なら斬れる。いや、ぜひにも斬り捨ててもらいたい。さもなくば、この先、あやつは何人の人を殺めるか知れたものではないからの」

黙って聞いていた土橋精一郎が膝を乗りだしてきた。

「先生。わたしにも、そやつが斬れますか」

若者らしく双眸がキラキラ輝いている。

「ばかもの！　十年早いわ」

一喝され、しゅんとなるかと思ったが、土橋精一郎は一向にこたえたようすはなく、ぬけぬけとほざいたものだ。

「十年はひどいな。十年たったら、そやつ、もう、この世にいませんよ」

まるでうまい大福を食いそこねた、と言わんばかりの顔だった。

呆れて平蔵と藤枝重蔵が顔を見合わせたとき、廊下に影がさして伊之介と縫が侍女を従えて姿を見せた。

「おじちゃん！」

伊之介が黒い大きな目をくりくり輝かせて駆け寄ってきた。

「お、これは……」

「若様。……もう、おじちゃんではありませぬと、申しあげたはずですよ」

縫がいそいでたしなめたが、不服そうに口を尖らせた。

「なぜじゃ。おじちゃんを、おじちゃんとよんで、なにが悪い」

長屋にいたときとすこしも変わらない伊之介の「おじちゃん」という言葉を耳にした途端、平蔵、ぎゅっと胸がしめつけられる思いがした。

「いかにも、仰せのとおり、神谷平蔵はいつまでも若君のおじちゃんでござる」

「ま、神谷さままで、そのような……」

ほほえんで、ひたと見かえした縫の目も、心なしか潤んでいるように見えた。

いつしか冬の陽射しが、西にかたむきはじめている。

まるく刈りこまれたサツキの植え込みが、夕陽に染まって茜色(あかねいろ)に映えて見えた。

五

もう、四つ半（十一時）はすぎているだろう。

ふんわりした絹夜具につつまれながら、平蔵はいつまでも寝つかれずにいた。

ひさしぶりに再会した藤枝重蔵に土橋精一郎がくわわって四方山話がはずむうち、酒肴の膳が運ばれてきたころに上屋敷から桑山佐十郎がやってくるわ、留守居役の老臣と縫まで同席するわで、ちょっとした宴会になってしまった。

佐十郎は立場もあり、上屋敷を空けるわけにもいかず、五つ（八時）ごろに引きあげかけたが、平蔵には泊まっていけとしつこくすすめた。

「きさまは気楽なひとり身じゃないか。この寒空に帰ったところで膝小僧をかかえて寝るだけだろう。よいから泊まっていけ。部屋なら腐るほど空いておる」

藤枝重蔵も国元を離れて人恋しいのか、しきりに引き止める。

藤枝の気持ちもわかるし、平蔵もあえて帰りたくはないが、診療所の患者は朝っぱらの駆け込みが多い。ふっきれずに迷っていると佐十郎から、

「それとも、きさま、また夜更けに長屋に忍んでくるおなごでもできたのか」

きつい一発をかまされた。縫の手前というわけでもないが、結局、このひと言が決め手になって泊まることになったのだ。

それにしても……。

したたかに飲んだはずだが、酔いはとうにさめてしまっていた。

どうやら、絹夜具よりも煎餅布団のほうが性にあっているらしい。

何度も寝返りを打っては、ぼんやり高い天井を眺めた。武家屋敷の天井は町家の天井より高く造られている。屋内での戦闘に備えてのものだ。

下屋敷の敷地は三千坪と上屋敷より広いにもかかわらず、詰めている藩士は約二十人、伊之介ぎみ付きの侍女をふくめた奥女中や、台所女中、中間、下男をあわせても三十数人というところらしい。若君警護の藩士は別にして男はそれぞれの長屋で寝起きしているから、夜、屋敷内にいるのは十数人というところだ。不寝番の藩士をのぞいた者は、とっくに寝ているのだろう。まるで無人の館のようだった。空き部屋は腐るほどある、と言った佐十郎の言い草はほんとうだった。平蔵が寝ている部屋も二十畳はたっぷりある。近くにはだれひとり寝ている気配がなかった。

あまり広い部屋で寝るのもよしあしだな……。

駿河台の実家にいたときも、平蔵の部屋は八畳間だったし、いまの長屋は六畳間にがらくたが出しっぱなしだから、布団を敷くのがやっとというせまさだ。

床の間があり、立派な掛け軸が架けられ、唐渡(から)りらしい獅子(しし)の香炉(こうろ)が飾られているが、ほかによけいなものはなにもなく、なんとなく寒ざむしい。わずかに部屋の隅の置き行灯のほのかな灯りだけが、ぬくもりを感じさせてくれていた。

ふいに廊下を踏むかすかな跫音が耳に入った。跫音は明らかに人目を忍ぶものだった。不寝番の侍の夜回りかと思ったが、それなら人目をはばかるはずはないし、跫音を殺すこともなかろう。跫音はまっすぐ平蔵の部屋に向かってくる。

まさか、おれの寝首を掻こうというやつが屋敷にいるとは思えんが……。

跫音が止まり、廊下に面した次の間の襖のあく気配がした。

「………」

跫音は静かに畳を踏んで、平蔵が寝ている部屋の前まで来た。

優しい衣ずれの音がする。男のものではない。

まさか……。

平蔵の胸が波だった。寝たままの姿勢で平蔵は入り口の襖を注視した。

跫音は襖の前で、ためらったが、すぐにすっと引きあけられた。

置き行灯の火がかすかにゆれ、香しい匂いがただよってきた。

白地に銀糸を綾織りにした打掛けを羽織った女が、裳裾を静かにさばきながら白足袋の足を運んで部屋に入った。女は背を向けたまま優雅にひざまずいて、襖を静かにしめ、ためらいがちに振り向いた。

「……神谷さま」

聞き馴れた声が、押し殺したようにささやきかけてきた。

平蔵はゆっくりと半身を起こした。

「縫……」

化粧を落とし、御殿髪を洗いくずして後ろで束ねた縫の、見馴れた顔がひたむきな瞳（め）を向けてきた。

しばらくのあいだ、ふたりは声もなく見つめあった。

訊かずとも、縫が忍んできたわけはわかる。

「さ、まいれ……」

まだ襖の前でうずくまっている縫に手をさしのべた。

「……よう来たな、縫」

みるみるうちに瞳が潤んだかと思うと、縫はふわっと腰をうかし、畳をすべるようにして平蔵の腕のなかに身を投げかけてきた。平蔵が双腕（もろうで）をひろげて抱きとめると、縫はひとしきり鋭く身をふるわせ、懸命にすがりついてきた。

「おなつかしゅう……おなつかしゅうございます」

声がかすかに震えていた。火のように熱い頬を平蔵の寝衣にうずめ、縫はぐったりと全身の筋肉をときほぐし、身をゆだねてきた。

「よいのか、このようなことをして……」

「かまいませぬ……縫は……縫は平蔵さまのものでございますものを……だれにはばかることもありませぬ」

「なれど……いまは」

「そのようなこと……」

縫は指で平蔵の口をおさえた。

「ここは縫にとっては仮の宿……あの長屋で暮らした日々をついぞ忘れたことはありませぬ」

「それは、おれとてもおなじことじゃ」

果たしてそうか、と平蔵は心中、忸怩（じくじ）たるものがあった。

暗闇坂下のしもた屋でおもんとすごした甘美な一夜、そのあとも長屋に忍んできた希和と夜が白々と明けかかるまで睦（むつ）みあってすごした夜のこともある。

男というのは、なんとらちもない生き物よ。そう思い、胸がちくりと痛んだ。

そんな平蔵のほろ苦い思いをよそに、縫は甘えるような目をすくいあげた。

「篠という侍女だけは、わたくしと平蔵さまのことをよく知っておりますゆえ」

「ここに来ることも、か」

「篠にも想うお人が上屋敷におります。ですから、ときどき頃あいを見て使いに出してやりますの」

「ははぁ……」

「おなごは相身互い……」

そう言ってから、くすっと忍び笑いした。

ほのかな置き行灯の灯火が、化粧を落とした縫の素顔にゆらめいた。

ふいに一年半前の夜半、おなじ長屋に住んでいた縫が人目を忍んで平蔵の住まいにやってきたことを鮮やかに思いだした。

あの夜の縫も、湯屋に行ってきたままの素顔だった。

「あのときは、白地に藍の縦縞の浴衣だったな」

「え……」

縫は、すぐに平蔵がいつのことを言っているのかわかったらしい。

「ま、そのようなことを……よく」

まぶしそうな目になると、羞じらうように平蔵の胸板に頰を埋めてきた。

「今日、お顔を見たら……もう、なつかしくて……夜が更けてくるにつれ、どうしてもこらえきれなくなりました。さぞ、はしたないとお思いでしょう」

「なんの、おれとて縫どのの寝所がわかっていたら忍んでいったやも知れぬ」

それは半ば平蔵の本音でもあった。屋敷に泊まる気になった心の奥底に縫のことがなかったと言えば嘘になる。とはいえ、平蔵のほうから忍んでいくということまでは念頭になかった。おなごのほうが、いざとなれば肝がすわっているのかも知れぬ。そう思うと勃然と愛しさが噴きあげてきた。

「それにしても、立派になった。大奥の御中﨟方にもひけをとらぬな」

まじまじと打掛け姿の縫を見つめた。

「平蔵さまらしくもないことを……このようなもの」

縫はするりと打掛けを肩からはずし、白絹の寝衣ひとつになった。

「長屋にいたころと、縫は……すこしも変わってはおりませぬ」

そう言いながら背中を向けて足袋を脱ぎ捨て、ふりむきざまに躰をぶつけるようにして腕を平蔵のうなじに巻きつけてきた。

寝衣の裾がめくれ、白い脹ら脛が撥ねた。甘やかに匂う女体を深ぶかと抱きしめると、縫はぎゅっと瞼をとじたまま唇を重ねてきた。その唇は熟れきった白桃の実のようにやわらかく甘かった。切なげな吐息をもらした縫は平蔵の唇を吸いつつ、ためらいがちに舌を差しいれてきた。その舌を強く吸いあげると、縫も吸いかえしてきた。寝衣の襟前から手を静かにもぐりこませ、練絹のような肌の奥にひそむ乳房の重みをたしかめた。むちっと掌に吸いついてくる縫の乳房には、すこしのゆるみもなかった。掌のなかで乳房がせわしなく息づいている。

「すこしも変わってはおらぬ。……あのころの縫とすこしも、な」

「平蔵さま、も……」

縫はあえぎつつ、もどかしげに平蔵の舌を吸い、耳朶を唇ではさみつけた。熱い吐息が耳孔をくすぐり、平蔵の血が滾った。左手を腰にまわし、右の手で縫の膝をすくいあげた。ずしりと持ち重りのする縫の躰が、あぐらをかいた平蔵の筋肉で盛りあがった太い腿のあいだにすっぽりと沈みこんだ。

襟を押しはだけ、こぼれ出した乳房をすくうように撫ぜあげながら、親指で乳房の頂きを探った。乳首が粒だって、しこっていた。指でつまむと縫はこらえかねたように乳房をぐいぐいと平蔵の胸板に押しつけてきた。縫が腰をよじるたび、平蔵の腿のあいだに埋もれている双つの臀のふくらみが弾み、滾りたつ情念をさらにかきたてた。縫の腰をすくいとり、夜具の上におろすと寝衣の紐をといた。

艶やかな裸身が夜目にも白く輝いた。

その裸身は弥左衛門店にいたころのままだった。寄り添い、縫の唇を吸いながら、なめらかな裸身に手を這わせた。

「思いだすな。……縫が、夜ごとに忍んできたころのことを」

「もどれるものなら……もどりとうございます。あのころに」

「もどってきたではないか……こうして」

平蔵の手が腹をすべりおり、しっとりと汗ばんだ内股のちいさなふくらみの茂みに指がふれたとき、縫の躰がぴくんと跳ね、鋭く二、三度、痙攣（けいれん）した。

「平蔵……さま」

ひしと目をとじた縫の睫毛（まつげ）がふるえ、涙の粒がほろっとこぼれた。

「もう、二度と、このようなことはあるまいと……あきらめておりましたのに」

とぎれとぎれに口走りつつ、咽をそらせた縫の腹のふくらみをなぞり、掌に吸いつくような内股のぬくもりをたしかめるように繰りかえし愛撫した。

おずおずと躰をひらいて平蔵を迎えいれた瞬間、縫はかすかな声を放った。

女体の奥底にひそんでいたものが、解き放たれたようだった。

遠くで川舟を漕ぐ櫓（ろ）の軋（きし）む音がかすかに聞こえた。

営みは一年半の空白を埋めるように、たがいをむさぼりつくして果てた。

激情がゆるやかに引いていくと、満ちたりた安息の時が訪れた。

「また、お会いできましょうか……」

「会えるとも。おなじ江戸におるのだ、会えぬわけはない」

「来春、殿が出府なされたら、若君は上屋敷におうつりになります。おそらくはわたくしも、きっと……そうなれば」

「そうなれば、なったで、また考えようもあろう」

まだ火照りのさめやらぬ縫の躰を片腕にかかえこみ、平蔵は暗い目になった。

「それよりも、おれは、そなたの身が案じられてならぬ」

「黒脛巾組とやら申す一味のことでございますね……」

「人の命を奪うことなど、虫けらを捻(ひね)りつぶすぐらいにしか思っておらぬ徒輩(やから)だ」

「ほんとうに、この下屋敷を襲ってまいりますか」

「来る、と佐十郎は思っている。若君警護のために藤枝先生を国元から招いたのだ。おそらく藩士のなかでも腕の立つ者を下屋敷に配しているにちがいない」

「あんな年端(としは)もゆかぬ子を……」

「磐根藩主の子に生まれたばかりに、な……」

平蔵はぐいと縫を抱き寄せた。

「よいか、万が一のときは若君とともに藤枝先生のそばから離れぬようにしろ。なにか不穏な気配を感じたら土橋精一郎に言付けるがいい。あやつ、若いが頼りになりそうな気がする。その前に、やつらの塒を探り出せればよいが……」

縫は黙ったまま愛しげに平蔵の胸を指でなぞり、うなじをなぞり、唇を寄せて耳朶を甘く嚙み、やがて、せがむように手をのばし、平蔵の肌を探ってきた。

まだ、眠るには惜しい夜だった……。

六

「小枝さま。そう急がれずとも、よいではありませぬか。まだ、七つ（午後四時）になったばかり、あと半刻ほどは……」

市村梅扇は夜具に腹這いになって煙管をくわえながら、朱塗りの鏡台の前で入念に身繕いをしている小枝を恨めしげに見やった。

「婿とりをするから縁切りだなんてあんまりですよ。つれないったらありゃしない。あたしだって市村座の立女形ざんすよ。意地もあれば見栄だってありんす。はばかりながら床あしらいならだれにも負けやしません。ええ、負けるもんですか」

　枕元の煙草盆に煙管の雁首をはたきつけると梅扇は夜具から這い出し、小枝ににじり寄った。

「小枝さまの躰はひとりの男じゃもちゃしませんよ。婿とりでもなんでもなさいまし。どうせ十日、いえ三日もたてば小枝さまのほうでものたりなくなって、ほら、ここらあたりが疼いてくるにきまってます」

　梅扇は女のような手で小枝の腰まわりを撫ぜまわした。

「えぇ、えぇ、待ちますよ。あたしゃ、ひと月でも、ふた月でも……小枝さまから文をいただけば舞台に穴をあけたってかまやしない。飛んでいきますよ」

　ねちっこく口説きながら梅扇は、小枝の着物の身八つ口から手をそろりともぐりこませていった。

「あたしゃ、小枝さまの躰にぞっこん惚れこんでるんだ。こんな男殺しの躰はめったにありゃしません。千人にひとり、いえ万人にひとりの男泣かせの躰です。こんなお宝を手放すくらいなら、あたしゃいっそ死んだほうがまし」

　どうやら梅扇の手が小枝の乳をさぐりあてたらしい。

「ほら、この吸いつくような乳……ああ、あたしゃ、もう……」

それまで見向きもしなかった小枝がくるりと梅扇をかえりみた。

「およし！　手をどけないと刺しますよ」

右手に銀の簪をにぎりしめ、小枝は冷ややかな笑みをうかべた。

簪の柄は先が鋭く尖っている。女の護身具でもある。

「さ、小枝さま……」

いざとなると小枝が恐ろしく非情になることを知っている市村梅扇は、身八つ口に差しいれていた手をあわててひっこめた。

「いいわね。わたしはくどい男は嫌いなの。はい、これが手切れ金」

小枝は巾着から数枚の小判をとり出すと梅扇の目の前に投げた。

「これまでも、ずいぶん貢いできましたからね。それで不足だと言うのなら」

「い、いえ。不足だなんて、そんな……」

梅扇はなりふりかまわず小判をかきあつめた。

「なにが立女形よ」

小枝は紅い唇をゆがめて嘲笑った。

「御殿女中か、吉原の裾引き女郎の役がせいぜいで、科白のひとつももらえればいいところ。あとは茶屋で色事のお相手をしてお小遣いにありつくだけ……もう、そんな男には飽き飽きしたの」

すっと腰をあげた小枝は、小判を手に放心している梅扇には目もくれず、さっさと部屋を出ていった。

「へっ！　てやんでぇ、直参の娘が聞いて呆れらぁ。あんな尻軽女を嫁にする野郎の面ぁ見てみてぇや」

市村梅扇は生っちろい毛脛であぐらをかいて口汚く罵った。

ああ、せいせいした……。

垂れをおろした駕籠にゆられながら小枝は、一刻あまり梅扇の手練手管に翻弄された交媾いの気怠さから睡魔に誘われ、とろとろとまどろみはじめた。

いつの間にあらわれたのか、ふたりの虚無僧が駕籠の後ろをつかず離れずついてくるのを小枝は知るよしもなかった。

冬の夕暮れは早い。陽はとうに沈みかけ、薄闇がせまりかけている。

駕籠は日本橋を渡り、十軒店から乗物町を通り抜け、筋違御門の火除地をすぎて昌平橋を渡ると湯島聖堂の学問所の前にさしかかった。

昼間は学問所に通う若侍たちの姿が絶えないが、七つ半（四時）をすぎると人の足は途絶える。

虚無僧の足取りが急に速くなった。

たちまち駕籠に追いついた虚無僧のうちのひとりが、駕籠の前棒の横にぴたりと寄り添いざま駕籠かきに当て身をたたきこんだ。同時に後棒の駕籠かきも、あっさりと当て身をくらって悶絶した。

どすんと駕籠が路上に落ちたと思う間もなく、ひとりの虚無僧が駕籠の垂れを撥ねあげた。うたた寝から目覚めてうろたえている小枝の鳩首（みぞおち）に容赦ない当て身を食わせ、ぐたっとなった小枝に素早く猿轡をかけてしまった。

それを待っていたように松並木から男がふたりあらわれ、たちまち駕籠をかついで走りだした。

ふたりの虚無僧は鋭い目であたりに人気のないのをたしかめると、路上に昏倒（こんとう）している駕籠かきの足首をつかんで松並木のなかに引きずりこんでしまった。

第六章　向島浄光寺の決闘

一

「診たところ、どこも悪くないようだが」

「いえ、それが、どうも、もうひとつねぇ」

なんとも歯切れの悪い爺さまだった。

表通りに店をかまえる小間物屋井筒屋の隠居で治平、歳は六十をひとつふたつ越したというところだが、歯もいいし、目もいい。足腰も達者で、これまで風邪ひとつひいたことがないという医者知らずの爺さんである。

それが、なんとも浮かぬ顔をして、「このところ躰の調子がすっきりしない。もしや、悪い病気にとりつかれてやしないか」と心配なのだと言う。

井筒屋の商いを取り仕切っているのは治平のひとり娘でお品、三十一の女盛りで、器量もよく客あしらいもいいので店は繁盛している。

お品は十九のときに婿をとったが、この婿は女癖が悪く、店の女中を孕ませてしまったのを潮に金をやって離縁した。九歳になる息子がいるが、これは父親に似ずできがいいと近所の評判だ。

お品は疝気の持病があって季節の変わり目になると腹痛、腰痛が起きるが、そのたびに平蔵に往診を頼みにくる。盆暮れにはきちんと贈り物をもってくるし、往診すれば過分な心付けを寄越す。貧乏医者にとっては上顧客のひとりだった。

その親父だからというわけでもないが、爺さんがあまりにも深刻そうに訴えるから念入りに診察したが、とても六十路の老人とは思えない健やかな躰だ。

「よくわからんな。気のせいじゃないのかな……」

平蔵が首をかしげていると、

「おい、神谷。……本人が具合が悪いと言っとるんだから、なにかこうモリモリ元気の出る薬でも診つくろってやったらどうだ」

奥の間から伝八郎が無責任なことをほざいた。

「なんかあるだろう、なんか。……ほら、高麗人参とかいう高貴薬でも飲ませてみちゃどうなんだ。ピンピン朝立ちするようになるかも知れぬぞ」

「なにを馬鹿な」

と一蹴したが、

「いえ、先生。それなんでございますよ」

なんと爺さん、飛びつかんばかりに身を乗りだしてきた。

「ん？　まさか、その、男のものが不如意になったという……」

「いえ。その、まさかでございます」

「ははぁ」

平蔵、いささか憮然（ぶぜん）としたが、本人は真顔だった。

「ほほう。爺さん、なかなか達者なものじゃないか」

伝八郎が冷やかし半分、好奇心半分で乗ってきた。

「いや、けっこう、けっこう！　人間いくつになっても食い気と色気だけはなくしちゃいかん」

えらそうなことをほざいて、のこのこ奥の間から出しゃばってきた。

「ところで爺さん、年はいくつになるね」

「六十一になりますが……」

「それじゃ、連れ合いもいい年だろう。婆さん相手じゃ立つものも立つまいよ」

「いえ、連れ合いなら十年前に亡くなりました」

「なに？　じゃ、よそに若い女でも囲っておるのか」

「へぇ。八年前からお豊という寡婦の面倒を見ております」

「うっぷ！　面倒を見てもらってるのは爺さんのほうだろうが」

「とんでもございません。あれは日雇い大工の女房でしたからな。連れ合いをなくせば、その日から食うにもことかく身でした。あたしが世話したいともちかけると泣いて喜んでくれましたよ」

「なぁーる。いうなれば善根をほどこしたことにもなるわけだ」

いまや、平蔵そっちのけで伝八郎が診立て役になっている。

「で、いくつになるんだね、その寡婦の側妻は」

「たしか、今年、三十六になりますです。はい」

「たはっ！　二十五も年下か。そりゃ、いい思いをしておるな。女は三十させごろ、四十しごろと言うての、三十路の女はこたえられんと言うぞ。わしも間もなく二十六のおなごを妻にするんだが、これが、またかわゆい娘での、ふふっ」

伝八郎は診立てそっちのけで、惚気ている。ばかばかしくて聞いちゃいられないから、平蔵は奥の間に退避した。

番茶をすすりながら奥の間でふたりの会話を聞いていると、どうやら爺さん、年下の妾相手に奮戦しようとするのだが、ここのところ、いざ本番という段になると肝心のものが戦意喪失してしまうらしい。

「そりゃ、年のせいだ。あきらめろ、あきらめろ、あきらめろ」

伝八郎、あっさりと引導を渡したが、

「ご冗談を……」

爺さん、憤然と食ってかかった。

「あたしゃ、こう見えても、この年まで三日に一度は閨事(ねやごと)をかかしたことがありませんので、はい。それを、あきらめろなどと言われちゃ、この先、生きている楽しみがございません」

「ふぅむ。そりゃまぁ、な。その気持ちはわからんでもないが……」

伝八郎、たじろぎ気味である。

「よしよし、わかったよ」

平蔵、笑いを噛み殺しながら診療室にもどった。

「そりゃ、病気でもなんでもないな。言うなれば食傷というやつだろう」

「しょく……しょう、と言いますと」

「いくら好きな食い物でも、毎日ともなると飽きがくるだろう。若いときは味もへったくれもない。腹さえくちくなればそれで気がすんだ。ちがうかね」

「へ、へぇ、そりゃまぁ……ですが、食べ物とおなごは」

「おなじだよ。男も四十、五十ぐらいまでは古女房相手でもふんばれるが、年をとるとそうもいかなくなる。ふんばるにはちくと目先を変えることだ」

「目先を変えるとおっしゃいますと、お豊を捨てて、ほかの女でも囲えと……いやいや、いまさら、そんな薄情なことはできやしません」

「ほう、えらいな。その、お豊さんというのが聞いたら泣いて喜ぶだろうよ」

ひとつほめあげておいて、

「なにも、お豊さんを袖にすることはない。お豊さんといっしょに、ぶらっと十日ほど草津あたりにでも湯治に行ってくることだ」

「湯治に、ね。……というと、やっぱり、どこか悪いんで」

「そうじゃない。お豊さんといっしょにのんびり湯につかってみるとわかる。湯治場は男も女もいっしょに湯を使う。お豊さんとやらの肌がほんのり湯で火照るのを眺めると、また気分も変わるというもんだ」

「ははぁ、お豊といっしょに湯に、ですか……」

ちょいと目を細め、治平は満更でもなさそうに頬をゆるめた。

「それにだ。ほかの男もいっしょにとなると、お豊さんにちろちろと男の目が向けられる。三十六ならまだ水気たっぷりだろう。爺さんは日頃見馴れているだろうが、ほかの男にとっちゃ、いい目の保養になる」

「ちょ、ちょっとせんせい！　そんな、お豊の裸を眼福にされちゃ」

「ほらほら、その焼き餅が薬になるのさ。爺さんには馴れっこになっているはずの、お豊さんの躰が妙になまなましく見えてくる。それが何よりの回春の妙薬になる。高麗人参なんぞより、ずんと効き目があるぞ。嘘は言わん」

「ははぁ……」

「それに、躰があったまれば血のめぐりもよくなる。そうなりゃ肝心のものも元気になってくる。ただし、いい機嫌になって酒を飲みすぎちゃいかんぞ」

「いぇ、あたしゃ下戸で、いける口はお豊のほうなんで……」

「そりゃ、ますますいい。おなごは酒が入れば色っぽくなるからな」

「へへへ、へ……」

爺さん、なにを思いだしたか、でれりとしまらない顔になり、いそいそと帰っていった。むろん、診療代をたんまりおいていったことは言うまでもない。

「おい。いいのか……あんな、いい加減なことを言って」

　伝八郎が口を尖らせた。

「もし、効能がなかったら、あの爺さん、怒鳴りこんでくるぞ」

「なに、その心配はいらん。娘から聞いたんだが、あの爺さん、頭に糞がつくぐらい真面目らしい。おおかた閨事も紋切り型で、三百六十五日変わりばえしない口だろうから、いくら好き者でも飽きがくる。俗に所変われば品変わると言うだろう。ちょいと目先を変えりゃ見る目も変わってくる。まず、うまくいくさ」

「ふうむ。それにしても医者ってのは口先ひとつでがっぽり診療代をまきあげるんだから、いい商売だのう」

「ばか言え。それなりに元手もかかってるんだ。よく子なしの夫婦が湯治で子ができると言うだろう。ありゃ、そのあたりの効能もあるんだぞ」

「ははん、湯治場で奮励努力するわけか。……そう言や、おれも小枝どのといっしょに風呂になど入ったことはない。考えただけでもむらむらっとくるな」

「ふふふ、おまえも堅物の口だから湯女遊びなど知らんだろうが、あれが下手な岡場所より人気があるのは、腰巻きひとつの湯女に垢すりしてもらうところが味噌でな。紅い腰巻きの下から湯女の白い肌がちらつくのがたまらんのさ」

「きさま、湯女と遊んだことがあるのか」

「おい。忘れたのか。きさまの筆おろしを指南してやったのはおれだぞ」

「こら！　また、それを言う」

「ふふふ、ところで、今日はなんの用だ。師範代が油を売っておっては道場が立ち行かんだろうが」

「そのことだがの……おれが婿入りするとなると、師範代をつづけるわけにはいくまいと思ってな」

「ははぁ……やっぱり、あの話、うける気なんだな」

「あたりまえだ。もう枕もかわしたことだし、小枝どのも、おれにぞっこんときておる。うけるも、うけんもない」

「ふうむ……」

「なんだ、まさか、いちゃもんをつける気じゃあるまいな」

「いや、そんなことはないが、一度会っただけで、すぐに出合い茶屋で忍び会って、肌身を許すというのが、武家娘としては、いまひとつ……」

「こら！　そういう自分はどうなんだ、自分は……去年だけでも縫どの、希和どのと懇ろ（ねんご）になったうえに、おもんとやらいう忍び者らしい女とも一夜の情をかわした仲だとおれは見ておる。人のことは言えまいが」

どうも平蔵の懸念は伝八郎には通じそうもなかった。

「ま、きさまが気にいっておればそれでよいことだ。道場のことなら井手さんとも相談して考えよう。婿どのはよけいな心配をするな」

「なんだ、その婿どのとは……なにやら嫌味に聞こえる」

「わかった、わかった。気にさわったのなら、あやまる」

「だったら、昼飯ぐらい奢れ」

「きさまは、すぐそれだ」

「なにを言うか。きさまのかわりに爺さんの悩みを聞いてやったんだ。鴨蕎麦ぐらいは奢っても当然だ」

威張っておいて、ひとに飯を奢らせるあたりが伝八郎の得意技である。

二

表通りの蕎麦屋で鴨蕎麦を馳走して別れ、長屋の木戸まで帰ってくると、独楽まわしをして遊んでいた五人の子供のひとりが、駆け寄ってきた。

「さっきね、お侍さんが来てね、せんせいの家はどこだって訊くから、いま出てったって言ったら、文をわたしておいてくれって頼まれたんだ」

「文、を……」

「落としちゃいけねぇから、せんせいんちにいれといたよ」

「そうか、そいつはご苦労だったな。で、どんな侍だった」

「なんか、えらそうな侍だったよ。おらに十文も駄賃くれたもん」

「ほう。そりゃ、うまいことしたな」

むこうが十文なら、平蔵も十文は出さなきゃ、せんせいの面目が立たない。

「みんなで飴でも買うがいい」と十文、駄賃にやって家にもどった。

引き戸をあけると診療室の上がり框に封じ文がおいてあった。

表に「神谷平蔵殿」とあるだけで、差出人の名はない。おまけに左封じになっている。左封じは凶報である。急いで封をひらいて、凝然となった。

なんと果たし状だったのである。

差出人の名は雨宮源四郎、聞いたことのない名である。

読みすすむうち、平蔵の顔がみるみる険しくなっていった。

「堀江嘉門の弟だ、と……」

書状はなかなかの達筆で認められていた。

一、某、先年貴殿の刃にかかり無念の最期を遂げし堀江嘉門が実弟雨宮源四郎と申す者に御座候。亡き兄の無念晴らさずば武士の面目無此、余人をまじえず果合い致し度く、此儀申入候。

一、明日暮れ六つ、向島浄光寺薬師堂前にて決着付け仕るべく存じ候。

一、万一右刻限に浄光寺に罷越し候わずば臆されしものと見做し候。

堀江嘉門　実弟　雨宮源四郎

来なければ臆病神にとりつかれた者と見做すという、なんとも挑戦的な文言である。武士ならうけざるをえまいと言わんばかりだ。

「ふうむ……」

深ぶかとためいきをついた。

厄介なことだが、兄の仇討ちだと名乗りをあげている。雨宮源四郎なる男が堀江嘉門の実弟だとすれば、うけるしかない。

堀江嘉門は、志帆の方の叔父にあたる。そのかかわりから、磐根藩のお家騒動のさいに片棒をかついだ堀江嘉門は、縫とともに小田原に向かった伊之介を斬ろうとあとを追った。それを知った平蔵は馬を飛ばして堀江嘉門に追いつき、泥田のなかで斬りあった末、ようやく堀江嘉門を葬った。

ことの理非はともかく、あのときの平蔵は医師ではなく剣士として堀江嘉門に立ち向かったのだ。その嘉門の仇討ちと挑まれたからには、うけて立つしかないのが、武門の習わしである。

仇討ちには双方とも助太刀を頼むことが許されているが、余人をまじえずと断っているところを見ると一騎打ちを望んでいるのだろう。

堀江嘉門は陰謀に荷担はしたが、剣客としては一流だった。

その嘉門を斬った平蔵に一騎打ちを挑んでくるからには、雨宮源四郎という男も腕におぼえがあると見るべきだ。

それにしても、房州の回船問屋安房屋の息子だった堀江嘉門に、雨宮源四郎という弟がいたかどうか、確かめる必要がある。事実、嘉門の弟だとすれば、すでに船形の幽斎とつながっているとも考えられるし、黒脛巾組（くろはばきぐみ）とかかわりがある可能性も充分にある。

これは、迂闊（うかつ）には動けんな……。

それを確かめる手立てはひとつしかなかった。

餅は餅屋に頼めという。こういう探索は岡っ引きにまかせるのが一番だ。もしかしたら、まだ鍛冶町に仁吉がいるかも知れない。

身支度をして、出がけに、軒下に「休診」の瓢箪をぶらさげた。

こう年中、休診していては患者に逃げられてしまうな……。

ただでさえ家計は火の車である。これ以上に逼迫すると医者を廃業せざるをえなくなる。さすがに気楽とんぼの平蔵も気が滅入った。

いっそ両刀を捨て、町医者になりきってしまえば、仇討ちなんぞにかかわらず、頬かぶりして知らぬ顔の半兵衛をきめこむことができるのだが……。

それができないのは、平蔵の体内に父祖代々の武士の血が流れているからなのだろう。

三

「わかりやした。堀江嘉門に雨宮源四郎てぇ弟がいたかどうかてぇことですね」

仁吉は鋳掛用に使う七輪に手をかざして暖をとっていたが、

「ようがす。ほんとうに安房屋の息子ならすぐにもわかりまさぁ」

余計な詮索もせずに請け負い、七輪の炭火を消した。

「わかったら、すぐにお知らせしますよ」

「すまんな、私事に使いだてして」

「なに、一日鍋釜の底をたたいてるより、動きまわってるほうがよっぽど性にあってまさぁ」

さっさと道具類を片づけながら、ニヤッとした。

「あの別嬪さん、雅仙堂から錦絵を頼まれやしてね。ゆうべっから家に閉じ籠って、絵にかかりっきりですぜ」

ひょいと雪乃の家のほうを目でしゃくった。

雅仙堂は日本橋筋に店をかまえる老舗の版元である。それが雪乃の画才に目をつけ、「大江戸名所図」という案内絵図を依頼したらしい。

江戸詰めになった勤番者が、非番の日に見物して歩くときの目安にしたり、国元に帰るときの江戸土産に買うのだという。

「一枚描いて二分もらえるてんですから、けっこうな稼ぎになりまさぁ。芸は身を助くてなぁほんとですね」

「ほう、そいつは……」

一枚、仕上げるのに何日かかるか見当はつかないが、手習い塾よりは実入りはいいだろう。鳥越町の裏長屋で食うや食わずやで痩せ細っていた雪乃が、どうにか炊ぎの目途をつかんだと思うと喜ばしいかぎりだ。

「で、圭之介は相変わらず日参しているのか」

「へい、絵筆や絵皿を洗ったり、買い物を頼まれたりで……ありゃ女の尻に敷かれる口でやんすね。へへへ」

「しょうがないやつだな」

「ま、いいじゃございませんか。野暮は言いっこなしですよ、旦那」

「まぁ、な……」

伝八郎といい、圭之介といい、剣一筋の男は女にはからきし甘いようだな……。

そう思ったが、平蔵とて頼まれたわけでもないのに縫や希和のためにみずから買って出て、何度も命懸けの修羅場に身を投じてきたのだ。

人のことをとやかく言える身じゃなかった。

長屋に帰ってみると、水道桝の洗い場で大根を洗っていたおよしが、

「ちょいと、どこをほっつきまわってたんです。さっき井筒屋のお内儀さんが来

て、なんかおいてったみたいですよ」

どうやら井筒屋のお品が、親父の治平爺さんの悩みごとの相談に乗ってやった礼に来たらしい。

「相変わらず、先生は年増にもてますねぇ」

からかうように目をすくいあげて、およしがニヤッとした。

いちいち相手にしているとろくなことにならない。

さっさと家に入ってみると、上がり框に布巾をかけた皿鉢がおいてあった。

布巾を取ると竹の皮に包んだ「粥ずし」の甘酸っぱい匂いがほんのりした。

「お、これは……」

粥ずしは北国の食い物で、お品は娘のころに出羽庄内の浪人の妻女から作り方を教わったのだと言っていた。

飯に糀をまぶし、数の子に刻んだ昆布や人参を入れて十日ほど漬けこんで作るそうだ。前にも一度もらったことがあるが、糀の甘さがほんのりきいていて酒の肴にもなるし、夜食にもなる。

ちょいと指ですくいとって味わった。とろけそうな旨味が口いっぱいにひろがった。お品の心尽くしが、甘酸っぱく、ほのかに伝わってくる。

今夜は飯を炊かずにすみそうだ。

四

翌朝、平蔵が竈の前にしゃがみこんで飯を炊いているとき仁吉がやってきた。

「わかりやしたぜ。堀江嘉門にゃ三つ下の源四郎ってぇ弟がいたそうですよ」

源四郎は兄とおなじく算盤より剣術が好きで、兄のあとを追って江戸に出て東軍流の免許取りになったが、飽きたりずに諸国をまわって腕を磨いたという。

「なんでも西国で東軍流の雨宮素伝てぇ剣客に見込まれ、養子になってから雨宮源四郎を名乗るようになったらしいっすよ。……その養父の死に水をとって、今年の春にぶらりと安房屋に舞いもどってきたものの、十日もしねぇうちに出てったっきり音沙汰なしだってことです。……ま、わかったのはこんなとこですがね」

「よく調べてくれた。そこまでわかれば御の字だ」

「こいつは親分から小耳に挟んだことですが、なんでも矢部の旦那が獺祭強盗の塒を探りあてたそうです。どうやら、やつら、大川筋に巣くってるそうで」

大川とは隅田川のことである。そういえば獺祭強盗に襲われた和泉屋も山城屋も、川沿いにあった。

「やつら、舟を使っていたとも考えられるな」

「おっしゃるとおりでさ。親分も町木戸がしめられた四つ（午後十時）すぎに、どうやって千両箱担いで逃ずらかりやがったか見当もつかねぇってぼやいてましたからね。舟なら木戸を通らなくてもすみやす」

やはり獺祭強盗の背後には黒脛巾組くろはばきぐみと安房屋がからんでいると平蔵は確信した。回船問屋なら江戸の川筋は知りつくしているはずだ。

「さすがは矢部さんだな」

「へい。近いうち大捕り物がありそうだから、そのつもりでいろって親分に捩子ねじを巻かれやしたから、まず目星に間違いはねぇでしょうよ」

それだけ言うと、仁吉は吹っ飛ぶように帰っていった。

「東軍流、か……」

雨宮素伝という名は知らないが、東軍流の免許取りまでいった源四郎が師匠と仰いだからにはそれなりの剣客だろう。その素伝が養子にまでしたというからには、雨宮源四郎の剣才も相当なものと見なければならない。

昨年、神奈川宿からすこし外れた青田のなかで泥に足をとられながら、堀江嘉門を倒したときのことを思いかえした。技量はほとんど五分か、もしくは嘉門のほうが上だったような気がする。勝てたのは師の佐治一竿斎直伝の「捨身刀」だった。

——肉を斬らせて骨を断つ。これに勝る、いかなる技もないと知れ。

十年前、養父の夕斎とともに磐根に赴く前、佐治道場を訪れた平蔵に師の一竿斎があたえた口伝である。

いま、そのことにあらためて思いあたったとき、平蔵の迷いはふっきれた。

遅めの朝飯を腹におさめた平蔵は表に出て、軒端に休診の瓢箪をぶらさげた。人を斬りにいくのに患者を診るわけにはいかない。

茶碗と箸を洗いおわると、愛刀の井上真改を抜き放った。

二尺三寸余の刀身は湾れに互の目を交え、沸が厚く金筋が刃文に入っている。華麗ななかにも神気を宿し、凄味を漂わせている。静かに打ち粉をたたきおえると鞘に収め、袖なしの腰下までの着衣に着替えると、動きやすい軽衫袴をはいた。

井上真改と肥前忠吉を腰にたばさみ、皮足袋にはきかえた。

土間におりると柱にかけてあった真新しい草鞋を取り、上がり框に腰をおろして入念に草鞋の紐を結んだ。決闘の場である浄光寺の境内が平坦とはかぎらない。砂利や雑草まじりの荒れ地でも草鞋なら足の踏ん張りもきく。

暮れ六つ（午後六時）までにはたっぷり時間がある。それまでに向島に渡り、浄光寺の境内のようすを見ておかなければならない。

戸障子をあけて路地に出たとき、遠くで石町の鐘が八つ（午後二時）を打つのが聞こえた。木戸を出たところで井筒屋のお品と顔を合わせた。

「あら……」

笑みかけたお品の目が、皮足袋に草鞋という身支度に釘付けになった。

「神谷さま……」

「や、よいところで出会った。昨夜の粥ずしはうまかったぞ。また馳走してもらいたいものだ」

「は、はい……」

お品は声を飲みこんだまま、立ちつくして平蔵を見送った。勘のいい女である。平蔵の身支度から、ただならぬ気配を感じとったのだろう。

五

なんだというんだ、あの文は……。

伝八郎は師範代の居室に大の字になって眉をしかめて考えこんでいた。

さっき、日本橋の茶店の小女が伝八郎に渡してくれと頼まれたと言って文を届けてきたのである。

差出人の名前は奥村孫之丞になっていた。小枝の元の夫である。

その文には反吐（へど）が出そうな文言が書きつらねられていた。

――小枝は昔から男出入りの絶えない女で、いまだに芝居の女形（おやま）と忍び会っている。今日、七つ半（午後五時）に向島の浄光寺に来れば、密会の事実を確かめられるだろう。ふたりは釣鐘堂にいるはずだ。その目で確かめられよ。そういう淫乱な女と承知のうえで婚されるというのなら、貴殿もそれまでの男ということになろう。

およその文言は以上のようなものだった。

……ばかな！

出合い茶屋の路地の入り口で小枝の袖にとりすがり、哀願していた奥村孫之丞の生っちろい顔を思いだし、吐き気がした。最初は嫉妬にかられての中傷だと一蹴したものの、時がたつにつれ、伝八郎は妙に落ち着かなくなってきた。

小枝がおどろくほど房事に貪欲だったことが、なまなましくよみがえってきた。

もとより一度は婚した女だから、交媾いに馴れているのは別に怪しむべきことではない。また女が房事を好んでも悪いとは思わない。

それにしても……。平蔵に言われるまでもなく、初めて顔をあわせ、すぐに密会をもとめる文を寄越すというのは、大胆すぎると伝八郎も思わないではなかった。

武家の娘でなくても、女というのは、もっと羞じらい深いものだろうと思う。

そんなところは小枝には微塵もなかった。

百歩引いて、小枝が好色であってもいい。伝八郎とて好色の部類に入る。

が、夫婦の契りをかわした女が芝居者の、それも白首の女形と睦みあっているとしたら、これは許せぬ！

しかも、今日の七つ半、向島の浄光寺の釣鐘堂で芝居者と密会すると断言している。

まさか……。とは思うものの、もしやという思いもぬぐいきれない。

針の先ほどにしろ、むくりと疑念が頭をもたげてきた。

「先生。どうかなされたのですか……」

檜山圭之介が顔を出した。

「ひさしぶりに稽古をつけていただきたいのですが……」

「う、うむ……」

伝八郎は歯切れの悪い返事をして五尺八寸の巨軀を起こした。

「すまん。ちと野暮用ができての……出かけねばならんのだ」

立ちあがると、刀架けから大刀をはずし、腰にたばさんだ。

磊落（らいらく）な伝八郎には似げない暗い目の色だった。

六

向島は見渡すかぎり大根や葱などの冬野菜の畑が連なる田園だった。

ところどころに集落や雑木林が散在しているが、人の姿は畑に出ている百姓がぽつんぽつんと見えるだけである。

淡い冬の陽射しが澄んだ大気をぬくめるように大地に降りそそいでいる。ときおり木枯らしが鋭く耳をかすめるが、陽射しがあるだけにそれほど寒さは感じられなかった。

浄光寺に向かう道は荷車の轍の跡をまっすぐに辿った彼方にあった。

こんもりと茂る松や杉、檜の常緑樹にまじって、葉をふるい落とした銀杏や山毛欅の小枝が寒木の味わいを見せているが、山門はなかば朽ち果て、土塀もあちこちが崩壊している。僧侶もいない無住寺らしい。

雨宮源四郎がここをえらんだ意図は明白だった。荒れ寺の境内なら邪魔も入らず、心置きなく戦えると考えたにちがいない。それは雨宮源四郎が突きつけた、平蔵を生きては返さぬという強い決意でもある。

それはまた平蔵も望むところであった。堀江兄弟を葬らないかぎり、平蔵に平安な日々は訪れないのだ。どちらにせよ、今日で決着をつけよう。仇討ちが武士の作法なら、返り討ちも、また武士の作法である。

平蔵の胸中に沸々と剣客の血が滾ってきた。草鞋を踏みしめて平蔵は迷うことなく浄光寺に向かった。約定は暮れ六つだが、決闘は両者が出会った瞬間から始まる。朽ち果てた山門の石段を登り、境内に足を踏みいれた。

　薬師堂は山門をくぐった正面にあった。甍もところどころ崩落し、堂の門扉も金具が錆びついて見る影もなかった。回廊に沿って堂のまわりをゆっくりとまわり、足場を調べた。雑草が繁茂していたが、境内にはそれほどの起伏はない。苔むした石灯籠があるだけで邪魔になるような物は見あたらなかった。

　しばらく佇んであたりを見渡した。右手の小高い茂みの奥に釣鐘堂が見えるが、寺内は静寂につつまれていた。

　遠くで七つの時鐘が鳴るのが聞こえた。あと一刻（二時間）はある。持参した結び飯で腹ごしらえをするには充分な時間だ。

　平蔵はふたたび山門をくぐって外に出ると、野面を渡る木枯らしに身をさらしながら用水路に沿った畦道をもどっていった。

七

「雨宮さん。なぜ、やらんのです」

　薬師堂内の暗がりに身をひそめていた六人の侍のひとりが雨宮源四郎をかえりみてなじった。

「いまなら、やつの不意をつけたはずだ」

「まぁ、待て……」

雨宮は片頬に苦笑を刻んだ。

「神谷平蔵は兄者を倒したほどの男だ。六人で押しつつんだとしても、われらも無傷ではすむまい。お頭領（かしら）はひとりも欠けることなく討ち果たせと命じられた。本懐をとげるまで黒脛巾組はひとりも減らしたくないということだ」

「そんなうまい具合にはいかんでしょう」

「ふふふ、われらには切り札があることを忘れたのか」

源四郎は、猿轡（さるぐつわ）をかけ、縛りあげてある小枝のほうを目でしゃくった。そのかたわらに奥村孫之丞がたたずみ、固唾を飲んでことのなりゆきを見守っている。

「あの女を囮（おとり）にして、まず矢部伝八郎に刀を捨てさせる。やつは女を見殺しにはできん気性だ。無腰になった矢部伝八郎を縛りあげ、今度は神谷平蔵の盾（たて）に使う。やつらは竹馬の友だ。むざむざ刀を捨てるかどうかはわからんが、ためらいが生じよう。その怯（ひる）みを突いて一気に斬りかかる」

「そう、うまくいきますかな」

「それだけではない。おれが神谷平蔵に暮れ六つと伝えたのは、それなりのふくみがあってのことだ。われらはこの寺を熟知しているが、あのようすでは神谷平蔵は浄光寺は初見と見た。薄闇がせまれば、それだけわれらが有利になろう」

「雨宮さん。すこし慎重にすぎるのではないかな。われら六人が鋒そろえて討ちかかれば、神谷平蔵ごとき片づけるのに手間暇はかかるまいと思うが」

「やつを侮ってはならん！　貴公らの腕を軽んじているわけではないが、やつに倒された兄者と五分に渡りあえる者は黒脛巾組のなかでも、お頭領とおれぐらいのものだ。念には念をいれてかかれと、お頭領が命じられたのもそこにある」

雨宮源四郎は射るような鋭い目を五人の侍に向けた。

「いかなる手段を使おうと、斬り合いでは生き残ったほうが勝者よ。勝つためには卑怯も武士道もない。これがおれの剣士としての信念だ。兄者は一流の剣客だったが、策を弄することを嫌う男だった。おれは兄者の二の舞いは踏まぬよ」

じろりと五人を見渡しておいて、源四郎は奥に転がしてある小枝に近づいた。

「よいか、女。死にたくなければおとなしくしていることだな」

すらりと刀を抜き放って小枝の頬をひたひたと刃の腹でたたいた。

「死ねば好きな色事もできなくなる。わかったな」

ふいに奥村孫之丞が切迫した声で訴えた。

「あの男を始末すれば、約束どおり、われらは無事に帰してもらえるのだろうな」

「むろんだ。昨夜は昔の恋女房と蔵のなかで一夜をすごし、よい思いをしたであろう。ん？　われらといっしょにおれば恋女房と離れずに暮らせるというものだ」

「いっしょに……われらを帰してくれるという約束ではなかったのか」

「いずれは帰してやるとも。嘘はつかんよ。……それにしても、貴公もおかしな男よな。役者風情と乳繰りおうていた女がそれほどに愛しいか」

源四郎はあからさまな侮蔑の目を孫之丞にそそいだ。

孫之丞は屈辱に身をふるわせ、暗い床に目を伏せた。

八

畦道を浄光寺に向かって歩きながら伝八郎の顔色は晴れなかった。

妻というならともかく、小枝はまだ篠田家の跡取り娘なのだ。

たとえ芝居役者と情をかわしていようが、それを咎めだてする立場にはない。

そのことが伝八郎の気を重くさせていた。嫌なら破談にすればすむことである。いま、自分がしようとしていることは他人の情事を窃視（せっし）するようなものだ。ひとの食い物を狙う泥棒猫にひとしい所業とも言える。われながら情けないと思う。思うが、引きかえす気になれなかった。嘘だと思いたいのだ。あの奥村孫之丞という男は武士の風上にもおけぬ輩（やから）だ。女に離縁されながら、まだあきらめきれずにつきまとい復縁を懇願する。武士どころか男の恥さらしのようなやつだ。そんな恥知らずな下司（げす）の中傷に振りまわされて、のこのこ真偽をたしかめにいく。

矢部伝八郎も品（ひん）下がったものよ……。

自嘲がどす黒く胸を染める。が、いっぽうでは小枝をそんな女と思いたくなかった。好色であってもかまわない。房事が好きというのなら伝八郎とておなじだ。男と女が睦みあうことが悪いとは思わない。

そうだ。おれは小枝という女を信じたいために来たのだ。なんの恥じることがあろう……。そう思いなおして、やっと踏ん切りがついた。

すでに浄光寺の山門は目の前にあった。朽ち果てかけた山門をくぐり境内に足を踏みいれた。たしか釣鐘堂で忍び会っていると文にはあったが……。

薬師堂の前を通りぬけた高台に釣鐘堂らしきものがある。

おかしいではないか……。

はたと伝八郎は足を止めた。こんな侘しい所で男女が密会するものだろうか。ことに、あの万事に派手好みの小枝が、化け物でも出そうな荒れ寺で白首の女形（おやま）と密会するなど、ありえないことだ。いくら世間知らずの伝八郎でも、それくらいのことはわかる。

騙（だま）された、な……。そう思ったとき、伝八郎は腹が立つどころか、逆に胸のつかえが一気におりた心地がした。

「ふふふ……おれとしたことが、間抜けなことよ」

薬師堂のほうに引きかえし哄笑しかけたときである。

いきなり薬師堂の扉がギギーッと軋（きし）んで内側から開いた瞬間、数人の侍が一気に飛び出してきた。侍は二手にわかれると、伝八郎を挟撃する態勢をとった。

「なんだ、なんだ。きさまら！」

石灯籠を背にして伝八郎が身構えたとき、堂内から猿轡をかけられた小枝を引ったてて雨宮源四郎が姿を見せた。後ろから奥村孫之丞が屁っぴり腰でついてくる。

「小枝どの!?」

虚をつかれた伝八郎に向かって雨宮源四郎がせせら笑った。

「貴公が惚れ抜いておる女の命を助けたければ刀を捨てよ。さもなくば……」

源四郎は鋒を小枝の喉首に突きつけた。

「この白い首から血しぶきが噴き出すことになるぞ！」

小枝の目が恐怖に吊りあがっている。

「お、おのれ！　謀ったなっ」

「ふふふ、勝つためには手段はえらばぬものよ。剣豪とうたわれた武蔵でも吉岡一門との決闘では勝つために頑是ない子供も容赦なく斬り捨てたと聞く。惚れた女の浮気の真偽をたしかめるためにのこのこ出向いてきた貴公だ。まさかに惚れた女を見捨てることはできまい。ん？」

「ううっ……」

「どうでも腰の物を捨てられんというなら、やむをえん」

源四郎の鋒がスッと小枝の白い咽に走った。小枝の全身が硬直し、赤い血の筋が咽にうきだした。

「ま、まてっ！　小枝どのを放せ！　まずは、それからだっ」

伝八郎は歯がみし、悲痛な声を発した。

「よいとも……」

口元に薄い笑みをうかべ、雨宮源四郎はあっさりと小枝を孫之丞のほうに突き離した。

「貴公はかつての婿どのだ。しかと預けたぞ。そこを動くな。動けば斬る！」

凄味のある恫喝を浴びせておいて、伝八郎のほうに向きなおり、ゆっくりと前に歩み出してきた。

「これでよかろう。さ、貴公の差し料をこっちにもらおうか」

「うっ……」

歯がみしながら伝八郎が差し料を鞘ごと抜きかけたときである。目の端に孫之丞が小枝をかかえて山門のほうに駆け出す姿が映った。ふたりの逃亡に気づいた侍のひとりが孫之丞に追いすがりざま、八双から背中を斜すに斬りおろした。虚空をつかんで突っ伏した孫之丞には目もくれず、小枝は後ろ手に縛られたままで、つんのめるように山門に向かったが、砂利に足を取られ転倒した。

「おのれっ、ぶった斬ってくれる」

倒れている孫之丞の躰を軽がると飛び越えた侍が、小枝に向かって刃を斬りおろそうとしたときである。空を切って飛来した小柄が侍の片目に突き刺さり、山門から颪を巻いて平蔵が飛びこんできた。

「雨宮源四郎はどこだ！」

「う、うぬっ！」

侍は眼窩から小柄を引き抜き、血しぶきを噴出させながらも平蔵に立ち向かおうとしたが、身を沈めざまに抜き打った平蔵の刃が、伸びきった侍の胴を存分に薙ぎ払った。

「ぎゃっ……」

悲鳴が糸を引いて流れ、両断された胴から灰白色の腸が生き物のように外にめり出してきた。

「お、おのれっ！　神谷平蔵」

雨宮源四郎が目尻をつりあげ、平蔵に向かって突進してきた。

平蔵はひたと青眼にかまえ、殺到してくる源四郎を迎えた。

「きさまが雨宮源四郎か。……女を囮にして伝八郎を騙し討ちにしようとしたらしいな。兄の堀江嘉門とは人間のできがちがうようだ」

「ふふふ、あの女はな、きさまの剣友との縁談をすすめるかたわら、芝居茶屋で女形と乳繰りあっておったのよ。そんな女に目がくらむ男も男だ。きさまも、おめでたい男を仲間にもったものだな」

「だまれっ。女を拉致して囮に使うなど武士の風上にもおけぬ下劣なやつ」

「ほざくなっ。町医者風情が刃物三昧とは片腹痛いわ。おれが引導渡してくれる」

目を細くつりあげた雨宮源四郎は悪鬼の相に変貌していた。粘りつくような憎悪が、その目の奥にめらめらと燃えている。鬢の毛はそそけ立ち、右八双にかまえた鋒はびくりとも動かない。全身から噴きつけるような殺気が送りこまれてくる。

こやつ、できる！

堀江嘉門の剛剣とはちがう妖気のようなものを感じた。

三間の間合いをとって対峙した。黄昏がせまりつつある。八双にかまえた源四郎の刃がときおり夕陽を吸ってキラリと光る。

平蔵は青眼から、左下段に剣をおろした。

ふいに猛禽が羽ばたくように源四郎の躰が地を蹴って跳ねた。

刃唸りするような瞬速の剣が、平蔵の左肩口に鋭く噛みついてきた。

すれちがいざまに左下段からすりあげるように斬り払った平蔵の刀身が、源四郎の脇の下を撥ねあげた。弾かれたように源四郎の躰が石灯籠に激突した。地響きたてて倒れた雨宮源四郎の躰に石灯籠が崩落した。ぐしゃっと鈍い音がして源四郎の頭が押し潰された。青白い脳漿が割れた頭蓋からどろりと流れ出した。平蔵の剣はすでに源四郎の右脇から胸を斜めに斬り裂いていた。

伝八郎は四人のうちひとりを斬り伏せ、残った三人を相手に剛剣をふるっていたが、さすがに動きが鈍くなってきていた。袖は斬り裂かれ、頬の肉もそがれて血潮で顔面が朱に染まっている。

「伝八郎！　加勢するぞ」

怒鳴りつつ平蔵が乱刃のなかに駆け込み、振り向いた侍の変わり身の隙をついて斬り倒したとき、山門から井手甚内と檜山圭之介が走り込んできた。

「神谷っ。あとはまかせろ」

「矢部先生！　大丈夫ですか」

伝八郎ひとりでも持てあましていた残るふたりの侍が、みるみるうちに浮き足だつのがわかった。

「退けっ！　退け、退け！」

利あらずと見てひとりが山門のほうに走りだしたが、迎え撃った井手甚内にたちまち薬師堂の階段に追いつめられ、斬り伏せられた。

加勢を得て伝八郎もふたたび気力をふるいおこした。最後のひとりは回廊に駆け登り、窮鼠の剣を振りまわしたが、圭之介がみごとな刺突をきめた。

伝八郎は山毛欅の大木にぐったりと寄りかかり、荒い気息をととのえている。

彼方の山門の前で猿轡をかけられたままの小枝が、倒れている孫之丞に這い寄ると身を投げかけ、身悶えして泣きじゃくっていた。

伝八郎はもの悲しげな目で、小枝の哀れな姿を見つめていた。

「井手どの。……なぜ、ここに」

平蔵が血刀をぬぐって鞘に収め、問いかけると、甚内は苦笑しながら皺くちゃになった伝八郎宛ての文を懐中からつかみ出して見せた。

「これを圭之介が見つけたそうだ。寝所の隅に投げ捨ててあったらしい」

急いで文に目を走らせた平蔵は舌打ちし、山毛欅の幹に寄りかかっている伝八郎を睨みつけたが、伝八郎の虚脱したようすを見ては怒る気にもなれない。

いまになって、すこし肩の傷が疼いてきた。雨宮源四郎の鋒が左の肩口を掠め、肉を削りとったのだ。が、骨まで削られていないことは診なくてもわかる。

第七章　不知火峠の逆襲

一

斬られた奥村孫之丞は死んではいなかった。刀刃は肩甲骨で止まり、心肺にまでは達していなかったのである。逃げる小枝のほうに気を奪われ、振りおろす刃の勢いがそがれたのだろう。

傷よりも孫之丞にとっては斬られた衝撃のほうが大きく、気絶していただけだったらしい。平蔵が活を入れると息を吹きかえしたものの恐怖に駆られ、だらしなく小枝に抱きついてガタガタ震えるありさまだった。

百姓たちの手を借り、民家に運んで応急の血止めをし、本所から町駕籠をふたつ呼んでもらい、小枝ともども組屋敷に帰した。

ふたりには「浄光寺で密会していたところ、巻き添えを食ったことにしろ」と言い含めておいた。そうでもしないと両家とも公儀からお咎めをうけることになりかねないからである。孫之丞はどうなってもいいが、小枝はすくなくとも伝八郎が初めて惚れた女である。すべてが明るみに出れば伝八郎の面目もつぶれる。剣友としてそんな憂き目を伝八郎に見させたくはないという平蔵の苦肉の策だったが、井手甚内や檜山圭之介にも異存はなかった。

町奉行所の同心が八丁堀から岡っ引きを従え、御用提灯を手にやってきたのは、ふたりを駕籠で帰して間もなくのことだった。平蔵は雨宮源四郎からの果たし状を見せ、これは遺恨による敵討ちをうけての返り討ちだと言い張った。

返り討ちは違法ではなく、武士の作法として大公儀からも認められている。伝八郎と井手甚内と檜山圭之介は見届人として平蔵に同行しただけだが、雨宮源四郎のほうに五人もの助太刀がいたため、やむなく平蔵に加勢をしたと主張した。

同心は斬られた六人の身元がはっきりしないことと、奥村孫之丞と小枝のふたりを駕籠で帰したことを村人から聞いていたため、ふたりと事件のかかわりをしつこく問い糺そうとした。

しかし、ふたりとも公儀直参の子女で姓名もはっきりしているし、奥村孫之丞は修羅場に巻きこまれ手傷を負っていたうえ、小枝のほうも動転していたので、とりあえず駕籠で組屋敷に帰宅させたのだと平蔵は言い張った。

ここでも矢部小弥太の名と、平蔵の兄の忠利の名がものを言った。

昨年の加賀谷玄蕃の不祥事と、神奈川宿での堀江嘉門討ち果たしの件を同心が知っていたことも幸いし、平蔵の言い分をしぶしぶながら認めてくれた。

ただ孫之丞と小枝が侘しい荒れ寺で忍び会いをしていたということには疑念を抱いたようで、このことは目付に報告しなければならないと言った。

町方同心は庶民と不逞浪人を取り締まるだけで、公儀直参にかかわる不祥事の取り締まりは目付、大名は大目付、寺社は寺社奉行とそれぞれ管轄がちがう。

「むろん、しかあるべきでしょうな」

平蔵もあえて孫之丞や小枝を庇ってやる義理はないし、同心の言い分はもっともなもので、異論をさしはさむことはできない。あとは孫之丞と小枝がどう弁明するかというだけのことだが、おそらく両家の親は、平蔵がふたりに言い含めたように密会説を押し通すだろう。

伝八郎は終始、むっつりと押し黙ったまま口出しひとつしなかった。

小枝が伝八郎には目もくれず、傷ついた孫之丞に取りすがって泣いていた情景が目に焼きついているにちがいなかった。

四人は、いったん小網町の道場にもどったものの、いつものように酒を飲むという気分にはなれなかった。

甚内が明石町の家に帰ったあと、平蔵は斬り裂かれた着衣の上に伝八郎から羽織を借り着した。組屋敷に帰るという圭之介と別れ、弥左衛門店にもどったのは、もう五つ半（九時）をすぎたころであった。

両刀を腰から抜き取り、行灯に灯りをともし、血に汚れた着衣と軽衫袴を脱いで双肌脱ぎになると、左肩にうけた刀傷の手当てにかかった。民家で晒し布をわけてもらい、血止めの包帯をしておいたが、金創は下手をすれば破傷風になりかねない。寒気が深々と床下から這いのぼってくるが、火桶の埋れ火をかきおこし炭をつぎたすのも面倒だった。

血に染まった包帯をとり、焼酎をたっぷりふくませた晒しの布で傷口の消毒にかかった。焼酎が傷口にしみ、火がついたように疼いた。すこし骨を削られたかなと思ったが、傷が肩だけに目で確かめることができない。ひとり暮らしというのはふだんは気ままでいいが、こういうときは不自由なものだ。

寂寞がひたひたと押し寄せてくる。

傷に飲酒は毒だが、飲まずにいられなかった。焼酎の徳利に口をつけ、ぐびりとひと口飲みくだした。咽を焼いて焼酎が胃袋におりてゆくのがわかる。

それにしても……。

危ういところだった。同心には言わなかったが、雨宮源四郎がひきいていたのは黒脛巾組だと確信している。

浄光寺を下見したとき、肌に刺すような殺気を感じた。何者かが寺内にひそんでいる気配があった。それも、ひとりやふたりではない。

謀られたな……。そう直感したが、引き返す気にもなれないし、雨宮源四郎が網を張っているところに飛び込むのは危険すぎる。

どうするか、迷いながら寺を出て、浄光寺のまわりを一周し、不意を突く手段を考えていたとき、伝八郎が山門に入っていくのを遠望したのである。

平蔵の突入が一歩遅れたら、伝八郎は斬られていたかも知れない。

また、約定の暮れ六つに浄光寺に赴いていたら平蔵もどうなっていたか……。

ひとりで六人の手練れを相手にしたら、伝八郎も、平蔵も、ともに無事ではすまなかっただろう。

雨宮源四郎が約定の時刻をずらせ、ふたりをわけて誘い出そうとしたことは明白だった。手筈が狂って、ふたりが同行してきたとしても、六対二なら討ち取れると雨宮源四郎は確信していたのだろう。それだけ腕の立つ剣士ばかりだったことは確かだ。甚内と圭之介の加勢がなかったら、どうなっていたかわからない。

もつべきものは剣友だな……。

焼酎の酔いが冷えきった躰をぬくめ、平蔵がようやく人心地をとりもどしかけたとき、表の引き戸がそっとあけられる気配がした。反射的に平蔵は畳に投げ出してあった大刀に手をのばし、暗い土間に目を走らせた。

やがて、つつましい下駄の跫音(あしおと)がして、ほのかに白い顔が行灯の灯りにうかびあがった。

「お品さんではないか……」

「ま……」

お品は双肌脱ぎ(もろはだぬ)になっている平蔵を見て、一瞬、たじろいだが、

「どうなされたのです」

すぐに下駄を脱ぎ捨て、平蔵のそばに駆け寄った。

「……刀傷、ですね」

肩の傷口を見て、お品は息をつめた。

「こんなことではないかと思っていました」

　お品は手早く晒しの布を膝前に引き寄せ、歯で引き裂いては何枚かに小分けした布に焼酎をふくませ、傷口を拭うという作業を繰りかえした。

「お出かけになるときのお顔色や身支度から、ただごとではないと思っておりました。それで木戸番に神谷さまがもどられたら、すぐ知らせてくれるように頼んでおいたのです」

　そういうと、お品は初めて笑顔を見せた。

「でも、よかった。ご無事で……」

　安堵の色がお品の顔にひろがるのを見て、平蔵はさっきまで棘とげしくささくれだっていた神経がやわらいでゆく気がした。

　消毒をおえると、お品は薬箱をもってきて金創の膏薬はどれかと平蔵に尋ね、練った膏薬を晒しの布に塗りのばし、傷口に貼りつけた。

「そのままでは風邪をひきますよ」

　上半身裸の平蔵を見かねたか、お品は甲斐甲斐しく簞笥のなかから着替えの着物と、綿入れの半纏をとりだし、肩に着せかけてくれた。

　お品は髪もとかずに、平蔵の帰りを待っていたらしい。

お品が動くたびに薄化粧の匂いが漂い、着物の裾をさばくたびに女のぬくもりが伝わってきて、男の血を騒がせる。平蔵は困惑した。

平蔵は何度か井筒屋に往診している。お品を診察し、指圧をほどこし、お品のどこにどういう肉が盈ちているか知悉している。そうした治療のとき、お品に女を感じなかったと言えば嘘になるが、そういうときのお品はあくまでも患者で、場所は井筒屋の屋内だった。

それが時と所を変え、こうして間近に接していると、お品の躰がただならぬ蠱惑を秘めていることに気づいた。斬撃のあとの血のざわめきからか、ともすればお品の放つ強烈な女体の誘惑にひきこまれそうになる。

「もう、いい、お品さん。……あまり遅くなると家の者の手前もまずかろう」

包帯を巻きつけている、お品の手をおさえた。

「そのような気遣いは無用になさいませ」

おさえた平蔵の手に、お品はもういっぽうの手を重ねあわせた。

「わたしもひとり身なら、神谷さまもひとり身、だれにはばかることもありませぬ。……それに、こんな火の気もない部屋に、神谷さまおひとりをおいては帰れません」

　お品は包帯をきりりと結びおわると、ふわりと腰をうかし、土間におりて炭籠(すみかご)をもってきた。火桶の埋もれ火を掻き起こし、炭をつぎたすと唇を細め、ふうふうと炭火を吹き熾(おこ)しにかかった。

　火桶に目を落としたお品の白い顔が赤い炭火に照り映えた。

「お品さん……」

　言いさした平蔵を、お品はひたと見返し、

「なにもおっしゃらないでくださいまし。わたしはそうしたいから、ここにいるんです。ただ、神谷さまのおそばにいたいだけ……そうさせてくださいまし」

　突きつけるように、お品は言った。

「それとも、わたしが、ここにいることが、ご迷惑なのですか」

「そうではない。……そうではないが、そなたには佐吉という子がいる」

「そのようなこと……」

　お品はふわりと笑ってみせた。

「子持ちの女も、女であることに変わりはありませぬ」

　平蔵はたじろいだ。

「聞いてくれ、お品さん……」

わずかに平蔵は踏みとどまった。

「一年前、この長屋に縫(ぬい)という女がいた。おれはその縫と割りない仲になった」

「知っています。縫さんというお人のことも、伊助というお子のことも……このあたりで知らないものはおりませぬ」

「おれはその伊助を、おれの子にしてもよいと思った。縫と所帯をもってもよいと思ったからだ」

平蔵は苦いものを嚙みしめるように目を宙にさまよわせた。

「だが、伊助はおれの子になることを拒んだ。縫をおれに奪われるような気がしたのだろうな」

「…………」

「伊助は縫の子ではなかったが、伊助は縫を母親だと信じきっていたんだ。おれはそんな伊助に負けた。……伊助とおなじ思いを、佐吉にはさせたくない」

お品はほほえみながら、膝をにじり寄せた。

「神谷さまは勘違いをなさっておられます。伊助というお子だけではなくて、縫というお人も、神谷さまと所帯をもとうなどとは露ほども思っておられなかったのではありませんか」

「それは……」

「わたしにはわかります。縫というお人は、ただ神谷さまのおそばにいたかっただけ……いまの、わたしと、おなじように」

「お品さん……」

「わたしは神谷さまの足手まといになるようなことはいたしませぬ。いつか、ご新造になさりたい方ができたときは、そうおっしゃってくださいまし……」

お品の手が平蔵の膝にかかった。掌のぬくもりが火のように熱く感じられた。

「ただ、それまでの束の間、わたしにおなごの夢を見させてくださいまし……」

お品は膝においた手をのばし、平蔵の腕をたぐり寄せると、くずれるように躰を平蔵の腕にあずけてきた。睫毛がかすかにふるえ、薄紅を刷いた形のいい唇が、甘く湿った吐息をもらした。

「おれは血腥い男だし、いつ、どこで、どうなるかもわからん男だぞ」

お品はそれには答えず、平蔵の頬を両手で挟みつけ、貪るように唇を吸い、舌をからませると、頬をすりつけてささやいた。

「腥いのは女も変わりませぬ。だれにも先が見えないのが男と女……」

平蔵の顔を目ですくいあげ、ささやいた。

「わたしは神谷さまが、好き……」

おどろくほど、お品は率直だった。あけすけと言ってもいいほど大胆だった。お品は自分の思いのままを素直に口にし、思いのままに生きようとする気性の女なのだ。平蔵は腕をお品の背にまわし、抱きすくめた。

「ああ……」

お品は満ちたりたような吐息をもらした。

身八つ口から手をいれ、乳房を探ったが、乳房は帯にひしゃげていた。お品は片手で器用に帯をといた。たわわに実った乳房が平蔵の掌にあまった。ふくらみの頂きにそそりたっている乳頭（にゅうとう）を探りあてると、お品は腰をひねってすがりついてきた。裳裾（もすそ）が乱れ、白足袋の足がくの字に折れて畳を這った。

「灯り、を……」

お品が掠（かす）れた声でささやいた。

手をのばし、置き行灯の灯芯に蓋をした。闇が静かにおとずれ、障子が星明かりをほのかに映している。

火桶の炭火しかない部屋が、女体のぬくもりで浸された。

不思議に傷の痛みは感じなかった。いまを盛りに熟れたお品の躰が放つ芳香が、平蔵の脳髄を痺れさせた。

着衣を脱ぐかすかな衣ずれの音と、お品の切なげな吐息が闇に流れた。

二

ひさしぶりに平穏な日がもどったのも束の間、浄光寺の死闘から三日たった午後、矢部小弥太が訪れてきた。

「やつらの塒は向島の成願寺と申す虚無僧寺でござった」

「向島……」

雨宮源四郎が平蔵と伝八郎を向島の浄光寺に誘い出したわけが、やっとわかった。

「虚無僧寺といえどもお寺社の管轄ゆえ、ご裁下が出るまで手間どっていたが、間部さまの決断で捕縛には火盗改の出役を仰ぐことになり申した」

小弥太は苦虫を嚙みつぶしたような顔になった。せっかく突きとめた手柄を火盗改に横取りされるのが不服なのだろう。

「そうですか、火盗改が出役を……」

火盗改は「火付盗賊改方」の略称である。旗本先手組からえらばれた手練れの直参を先鋒とする、非常の戦闘部隊である。並の盗人は町奉行所の管轄だが、凶悪な浪人の集団や、殺戮を常套とする強盗が出没したときは町奉行所同心では手に負えなくなる。そうした事態に出役するのが火付盗賊改方である。

町奉行所同心とちがって、日頃から武芸に専心し、鍛え抜いているから気風も荒あらしい。捕縛がたてまえになっているが、手こずれば斬り捨て御免が認められている。鉄砲のほかは、どんな武器を使ってもいいという、いわば殺戮部隊でもある。

六代将軍家宣の信任厚い側用人として権勢並ぶものなき間部詮房が、みずから解決に乗りだしたのは、一味の凶悪非情さと、かれらの背後に綱吉の亡霊とも言える志帆の方という厄介な存在が見え隠れしているからだろう。

「しかも、間部さまは御船手頭にも出役を命じられた。当日は向島界隈の川筋は蟻の這い出る隙もなくなるだろうよ」

御船手頭配下の同心は水軍の流れを汲む、かつての海賊集団の末裔である。もっぱら抜け荷の取り締まりが任務だけに手荒いことは火付盗賊改方と変わりない。

「むろん、南北両町奉行所の捕方も出役する。大捕り物になろうな」

「矢部さまも出役なされますので……」

「もとよりだ。これを見届けぬ手はあるまいよ」

ふいに小弥太の顔があらたまった。

「ついては貴公にも手を貸してはもらえまいか。これは丹羽遠江守さまの、たっての懇望だ。なにせ、首魁（しゅかい）の顔を見ておるのは貴殿しかござらん。いわば首実検の役目で、やつらを一網打尽にするのは火盗改にまかせておけばいい」

小弥太は気遣うように、平蔵の左肩に目を向けた。

「それに、その傷だ。剣を使うような羽目にはさせぬ」

「かしこまりました。お気遣いはかたじけのうござるが、それがしも、この目で大捕り物を拝見しとうございますからな」

「よし！　これでわしの顔も立つというものだ」

「伝八郎はどうしておりますか」

「そうであった。弟が貴殿のおかげで命拾いした礼を申さねばならんのを、つい失念しておった。申しわけない」

「いや、それがしも伝八郎に助けられましたゆえ、おあいこでござる」

「あやつ、躰だけは人並以上に育ったが、無類の世間知らずゆえ、あのような他愛もない罠におめおめと嵌められた……いやはや、お恥ずかしいかぎりだ」

　小弥太はぴしゃりと頬をたたいた。

「とは申せ、わしも迂闊でござった。仲人口を真にうけて、あのようなおなごを伝八郎にめあわせようとしたは、手前の粗忽としか申しようがござらん」

「そう申されますな。伝八郎とて、一度はよい夢を見たのですからな」

「ん？　ははは、さよう、さよう。……ま、ま、伝八郎めも、もって瞑すべしというところかの」

　小弥太の顔にはひとりきりの弟を気遣う思いが、ありありとにじみ出ていた。

「小枝どのと申すおなごはどうなりましたか」

「ふふ、それが奇怪なことに、奥村孫之丞とやら申す、あの腑抜けと元の鞘におさまるそうでな。いや、男女の仲とはわからぬものでござる」

「ははぁ……」

　破れ鍋に綴じ蓋とは、まさにこのことだなと思ったが、お品とのこともある。男女の仲は余人にはわからない。それに伝八郎も、これできれいさっぱりと踏ん切りがつくだろう。

　小弥太に気づかれないよう、そっと左肩を動かしてみた。すこし傷口に引きつれはあるが、なに、剣を振って、振れぬほどではない。

だれがなんと言おうと、百目鬼兵馬は、おれの手で斬る。

それは縫や、伊之介のためではなかった。ましてや、磐根藩のためでもない。

向井半兵衛も、雨宮源四郎と五人の黒脛巾組も、そもそもは兵馬が神谷平蔵に向けて放った刺客である。

兵馬との決着は、みずからの手でつけねばならない。

それが、剣士としての作法でもある。

三

その朝、平蔵は七つ（四時）ごろに起きた。

昨日の朝、矢部小弥太の使いで、仁吉が火盗改の出役が明朝六つ（六時）ときまったことを知らせにきたのだ。七つ半（五時）に仁吉が迎えにくるから、それまでに身支度をしておいてほしいということだった。

平蔵は素っ裸になり、裸足のままで土間におりると外に出た。

この時刻、起きているものはひとりもいない。水道枡から水を汲みあげ、静かに水を浴びた。玉川上水から引いた清水は凍りつくほど冷たかったが、三杯、四杯と浴びるうちに全身から湯気が立ちのぼってきた。

手ぬぐいで全身を拭いて家にもどった。

火桶の埋もれ火をかき起こし、炭をついで鉄瓶をかけた。

真新しい六尺褌を締めて身支度をととのえてから、冷や飯に冷えた味噌汁をかけて腹ごしらえをした。

左肩にうけた刀傷は癒えきってはいないが、剣は振れる。

昨日、研師の文治のところに行って、浄光寺の斬撃に使った井上真改を手入れに出し、かわりに預けておいたソボロ助広をうけとってきた。

ソボロ助広の作刀は独特の乱れ刃文をもつが、この刀は「互の目乱れ」とよばれる比類ない刃文を刀身に描き出している。

ソボロの異名をとったように生涯を襤褸の貧困のなかですごした名工の魂を宿した名刀で、師の佐治一竿斎から拝領した逸品である。これを腰にたばさむと師とともにある思いがし、心気が研ぎ澄まされてくる。

鉄瓶がチンチンと鳴りはじめた。茶碗に湯を入れ、火桶の炭を灰に埋めた。

上がり框に腰をおろして草鞋をはき、白湯を飲みながら仁吉を待った。

白湯を飲みおわるころ、路地を踏む跫音がして、仁吉が戸口に顔を出した。

平蔵はソボロ助広と肥前忠吉をたばさみ、外に出た。長屋の木戸番に見送られ、仁吉のあとにつづいて闇につつまれた新石町を日本橋のほうに向かったが、井筒屋の前で、お品がポツンとたたずんでいた。

お品は昨日の昼すぎ、治平がお豊を連れて草津に発ったと伝えにきたが、そのとき平蔵は今日のことには一切ふれていない。お品の前で足を止め、

「……なぜ、わかったのだ」

と訊くと、お品は仁吉のほうにちらと目をやり、

「昨日、あの方が七つ半に神谷さまをお迎えにくるから、木戸をあけておいてくれと頼んでおられたのを聞きましたので……」

かすかにほほえむと腰を折りながら、ひたと平蔵を見つめた。

「ご無事でおもどりなされませ」

目でうなずいて仁吉のあとを追った。

お品は平蔵の姿が見えなくなるまで店の前にたたずんで見送っていた。

仁吉は日本橋の近くに舫っておいた猪牙舟に平蔵を乗せると日本橋川を下り、隅田川に漕ぎ出した。

暗い川面には白い棉毛のような靄（もや）がたなびいていたが、空は深い群青色から淡い青に変わりつつあった。

新大橋、両国橋の下をくぐりぬけるにつれ、様相は一変した。

御船手方の船が何隻も岸に沿うように舫われている。船上には額に鉢金をつけ、襷（たすき）がけになった御船手方の水主同心（かこどうしん）の姿が見えた。

仁吉の猪牙舟は竹町の渡しの先を右に折れて水戸家下屋敷の南を流れる運河をすすみ、小梅村の舟着場についた。

猪牙舟がつくのを待っていたように矢部小弥太が、仁吉の親分の根津の嘉平をともなって舟小屋から出てきた。ふたりとも襷がけに草鞋ばきという捕り物装束で、小弥太は鎖帷子（くさりかたびら）まで着込んでいる。

「脇坂さまが貴殿に会いたいと仰せられている。浄光寺の一件もあらましは申しあげてある。討ち込みは明け六つの鐘が合図だ。急がれよ」

そう言うと、小弥太は先に立って成願寺のほうに向かった。

火盗改の頭領脇坂隼人正（はやとのしょう）は小野派一刀流の免許をうけた剣士だが、気性も闊達らしく、平蔵を見るなり気さくに声をかけてきた。

「おお、貴公が神谷平蔵か……過日、浄光寺でやつらの一味を数人、成敗したと聞いたが、さすが佐治道場が生んだ逸材と言われるだけのことはあるの」

「おそれいります」

「こたびの盗賊は稀に見る凶悪非道の徒輩だ。捨ておいては大公儀の面目にもかかわる。成願寺は鼠賊の巣窟、焼き払ってもよいと間部さまも仰せられておる」

隼人正は決然と言い放った。

「一昨日の夜、志帆の方が首魁らしき頭巾の男とともに、築地にある安房屋の寮から舟で成願寺に入ったとのことだ。手の者の探索によると本所深川の岡場所で遊んでいた一味の者も寺内にもどってきておると言う。なにか企てておると見た」

「…………」

「大川から江戸川にいたる水路は、御船手方によって蟻の這い出る隙もなく閉ざされておる。われらが討ち入れば乱戦となるは必定じゃ。志帆の方とて容赦はせぬが、ことに一味の首魁はなんとしても討ちとらねばならぬ。矢部小弥太から聞いたところによると、その首魁の顔、神谷は見たことがあるそうだの」

「は、頭巾をかぶっておりましたゆえ、素顔は見ておりませんが、あの双眸はしかと目に焼きつけております」

「よし、首魁は神谷にまかせよう。見つけ次第、斬り捨てよ」

「心得ました」

明け六つの鐘が鳴り渡るころ、火付盗賊改の同心、捕方は成願寺の周囲をひしひしと取り囲んでいた。火付盗賊改が非常時の戦闘部隊にひとしいことは、その装備を見てもあきらかだった。竹梯子（たけばしご）、長柄の刺股（さすまた）や突棒（つくぼう）などは町方でも使うが、今回の出役には同心に手槍と弓矢まで用意させ、与力と同心は鎖頭巾に鎖帷子をつけている。この捕り物にかける隼人正の並々ならぬ気構えがあらわれていた。

成願寺は南は運河に面し、西に山門、北に脇門、東に裏門と三ヶ所に出入り口があり、高さ約一間半の土塀の外側を、幅約一間の用水路が囲んでいる。

捕方は三組にわかれて、それぞれ三ヶ所の門の前に待機した。

脇坂隼人正は西側の山門前に陣取ると、大音声で下知をくだした。

「おとなしく縛（ばく）につく者は縄目をかけ、手向かう者は容赦なく斬り捨てよ！」

たちまち捕方の手で土塀に五間梯子がかけられ、白襷がけの同心がつぎつぎに梯子を踏んで土塀を乗り越えた。待つ間もなく山門が内側から押しあけられ、与力、同心、捕方があいついで山門の中に吸いこまれていった。

最後に脇坂隼人正につづいて平蔵も境内に足を踏みいれた。

「ご公儀の命により、成願寺は取り壊しときまった！　寺内に起居している者は速やかに出て参れ！　さもなくば不逞の輩(やから)と見做し、捕縛する。不埒(ふらち)にも手向かいいたす者あらば容赦なく成敗いたす！」

　隼人正の声が境内にひびきわたったが、寺内は森閑として静まりかえっている。

「よし、火箭(ひや)を放って炙(あぶ)り出せ！」

　隼人正の下知を待ちかまえていた同心が、火箭に松明の火をつけ、つぎつぎに射かけた。放たれた火箭は、まず本堂の扉や、柱、羽目板に火花を散らして突き刺さり、ついで坊舎の屋根や、軒端に降りそそいだ。

　鏃(やじり)に仕込まれた発火剤が炸裂し、火はみるみるうちに羽目板を焦がし、扉を焼き、軒端に燃えうつった。

　黒煙が渦巻くなかに赤い炎がめらめらと本堂の壁をつたい、屋根に這いのぼっていった。坊舎にも火の手があがり、遠くで火の見櫓の半鐘が鳴りはじめた。

　竹梯子、刺股、袖搦(そでがら)み、突棒などの捕り物道具を手にした捕方をしたがえた同心がじりじりと本堂に近づいていった。

　境内にも黒煙が流れはじめたときである。本堂の床下にひそんでいた虚無僧姿の凶徒(きょうと)が一団となって捕方に突進してきた。黒脛巾組(くろはばきぐみ)の一党である。

ふいをつかれた捕方の囲みを破った凶徒に向かって同心が斬りかかったが、追いつめられた窮鼠の鋒は鋭く、修羅場馴れした同心も斬りたてられ、じりじりと後退している。見かねて平蔵が加勢に飛び出そうとしたが、隼人正が鋭く叱咤した。

「神谷！　勝手はならん。そのほうの出番は首魁が姿をあらわしたときじゃ」

いったん、押しもどされた捕方は態勢を立てなおし、ふたりがかりで五間梯子を抱え、梯子の先端を突きつけながら、一味をひとりずつ分断しにかかった。

梯子と梯子を交差させ、遮二無二、凶徒を追いつめていった。苛立って梯子のうえに飛び乗った凶徒は、刺股、袖搦みを突きつけられ立ち往生したところを、すかさず突棒で殴りつけ、網をかける。

網目のなかで身動きのとれなくなった凶徒を、同心が容赦なく網もろとも刃で刺し殺す。境内のそこかしこに憤怒の怒号、断末魔の絶叫がはじけた。

この日、隼人正が動員した与力、同心、捕方は総勢二百三十余人、対する黒脛巾組は二十数人、圧倒的な人数の差は歴然としていた。

阿鼻叫喚の修羅場をくぐり抜けてきた残党がふたり、脇坂隼人正に向かって殺到してきたとき、平蔵は弦を放たれた矢のように飛び出した。

八双にかまえたまま肉迫してきた凶徒とすれちがいざま、ソボロ助広を斜すに斬りあげた平蔵の抜き胴が、凶徒の脇腹を存分に断ち斬った。

「うおっ！」

たたらを踏んだ凶徒が血しぶきをあげて突っ伏すのを見届ける間もなく、平蔵の剣先が上に流れた隙をついて、横合いから飛びこんできた凶徒が凄まじい刺突を入れてきた。間一髪の差で躱した平蔵は、軸足を反転させると上段からの袈裟がけの一刀で斬り倒した。

そのとき、紅蓮の炎につつまれた本堂の扉を内側から押しあけ、金糸銀糸に綾織られた打掛けをまとった志帆の方が、山岡頭巾をかぶった百目鬼兵馬をしたがえ回廊に姿をあらわした。

「ええいっ、無礼者めがっ。わらわをなんと心得る。畏れ多くも、いまは亡き常憲院さまのご寵愛をいただいた身ぞ。しかも、この成願寺は常憲院さまのご発願により建立されし由緒ある寺じゃ。その聖域を不浄役人どもが土足で汚すとは前代未聞の狼藉、許しがたい。……みなの者、頭が高い！　ひかえおろう！」

常憲院とは五代将軍綱吉の諡名である。度肝を抜かれた捕方がひるみかけたとき、脇坂隼人正が志帆の方に向かい、大音声をあげた。

「ほざくな！　常憲院さまの名を妄りに口にする痴れ者めが。ここは女人禁制の僧坊じゃ。公儀御法を破りし女狐め、容赦は無用、有無を言わさず引っ捕らえよ。おとなしく縛につかぬとあらば斬り捨てい！」

　ふたたび捕方が得物を手に回廊に突進しかけたとき、いきなり百目鬼兵馬の手に白刃がひらめき、背後から志帆の方を袈裟がけに斬りおろした。

　目も綾な打掛けが斜すに切り裂かれ、志帆の方は虚空をつかんだかと思うと回廊の階段を転げ落ちた。

　血刀を手にした兵馬は不敵な冷笑をうかべ、踵を返し、黒煙渦巻く本堂のなかに駆け込んでいった。

「神谷っ。きゃつを逃すな！」

　隼人正の下知を聞くまでもなく、平蔵は一気に境内を突っきり、本堂の回廊に駆けあがった。

　炎と黒煙が渦巻く堂内に踏み込んだが、堂内に人影はない。煙をかいくぐり、渡り廊下を駆け抜けて坊舎に踏み込んでいった。坊舎も炎につつまれている。

　兵馬を追いもとめ、ひとつひとつ部屋をあらためていった平蔵は、離れの一室に足を踏みいれ、思わずうめいた。薄布をまとっただけの女が数人、血の海のなかに絶命していたからである。おそらくは金で買われ、黒脛巾の者の遊び相手にされてきた女たちであろう。ほかにも下男らしい男の死体もいくつかあったが、百目鬼兵馬の姿はどこにも見あたらなかった。

百目鬼兵馬を逃がしたということは、血に飢えた狼を野に放ったにひとしい。

平蔵は暗澹たる思いだった。

この日、火盗改の手で討ち取られた黒脛巾組の一味は二十一人、深手を負って捕らえられた者はふたりだったが、戸板で運ばれる途中で息絶えた。

安房屋は火付盗賊改の役宅に出頭を命じられ、三日間にわたり脇坂隼人正からきびしい取り調べをうけたが、あくまでも綱吉の発願により、成願寺を寄進しただけで、なんのかかわりもないと言い張った。幕府は安房屋に成願寺の監督不行届きという名目で二万両の懲罰金を課しただけで、それ以上の追及はできなかった。

前将軍の発願による寺という遠慮がはたらいたこともあるが、これまでに安房屋が幕府に莫大な献金をしてきたという貢献がものを言ったのである。

斬死した黒脛巾組の死体は首を斬り落とされ、「獺祭強盗」の一味として日本橋高札場に晒し首にされた。

四

胡桃平は氷雨に煙っていた。

鉛色の雲が重くたれこめ、野面を渡る鴨の群れまでが寒ざむしく見える。

ここ、欅ノ館の黒書院も寒ざむしい気配にひたされていた。

幽斎は火桶に手をかざしながら陰鬱な目を百目鬼兵馬にそそいでいた。

「ならば、お方は火盗改の手で斬られたと申すのだな」

「さよう。縛につけばお命は助かったやも知れませぬが、縄目の恥はうけぬと仰せられ、刃にかかって果てられましてござる」

「うむ。わしも縄目をかけられた、お方など見とうはない。すぎたことをとやかく申しても始まるまい。さいわい成願寺と余を結びつけるようなものは、なにひとつ見つからなんだらしい」

幽斎は兵馬の前におかれた三方の上の三百両の切り餅を目でしゃくった。

「ま、兵馬もしばらくは江戸には近づかぬことじゃ」

「と申されますと、この、金子は……」

「当座の費えじゃ。それだけあれば上方に行っても当分は遊んで暮らせよう」

「つまりは、手切れ金でござるか」

「兵馬、心得違いすな。……そちはあくまでも余のもとを離れ、脱藩した身ぞ。このこと、かまえて忘れるでないぞ」

「……これは心得ませぬ」

兵馬は傲然と上体を起こすと、ひややかな双眸で幽斎を見返した。

「それがしが磐根を捨て、船形に参ってから十数年、なんのために辛苦を重ねてきたか、よもやお忘れではありますまいな」

「ひかえよ、兵馬！　この期におよんで怨みごとは見苦しいぞ」

居丈高になった幽斎に向かい、兵馬は不気味な笑みをうかべて嘯いた。

「まだ、おわかりにならぬと見える。万一、磐根藩奪取の望みがかなわぬときは、磐根藩と抱き合い心中してもかまわぬと仰せられたのは殿ではござらぬか」

「黒脛巾の者がいなくなったいま、なにができようぞ」

「それがしがおり申す」

「血迷うたか、兵馬！」

「なんの、血迷われたは殿のほうでござる。たかが色好みの将軍家に臀(しり)を貸しただけの女狐(めぎつね)めに振りまわされたあげく、便々として生き長らえられるおつもりなら、それがしにも覚悟がござる」

わきにおいてあった勢州村正を引き寄せ、

「それがし、ひとりにても磐根藩と抱き合い心中して見せましょうぞ」

「な、なにを申す！　だれかある。この狂い者を成敗せよ！」

愕然とした幽斎が腰をあげ、小姓の手から佩刀(はいとう)を取ろうとしたときである。勢州村正の鋒が幽斎の胸を深ぶかと刺しつらぬいた。

五

年明けた一月二十日。磐根藩主左京大夫宗明(むねあき)は供支度をととのえ、出府の途についた。下屋敷にいる伊之介を元服させ、将軍家宣(いえのぶ)に拝謁(はいえつ)させるためである。

いつもなら出府は水ぬるむ春になってからときまっていたが、今回出府を急ぐには理由(わけ)があった。胡桃沢の幽斎が急逝し、跡目を継ぐべき嫡子が幼少のため、幕府の命により船形郡二千五百石は本家の左京大夫宗明にさしもどされることになったのである。その御礼もかねての出府であったのだ。

盤根から江戸に向かう国境には不知火峠とよばれる難所がある。曲がりくねったせまい山道の左右には、杣人も入らぬ千古不伐の原生林が鬱蒼と生い茂っている。狼の群れが棲息し、追剝ぎが出るとも言われている街道随一の難所であった。供侍をしたがえた大名や飛脚のほかは、屈強な男でもひとりでの峠越えは避けて遠回りになる脇街道をえらぶと言われている。

この日、左京大夫宗明の供揃えが峠の頂きにさしかかったのは四つ半（午前十一時）ごろであった。

灰色の空には粉雪が舞い、向かい風が吹きつけてくる。

供侍たちは菅笠を前にかたむけ、ひたむきに道を急いでいた。峠をくだれば本陣のある街道でも指折りの湯治場である。ゆっくりと湯につかり冷えきった躰を温めることができる。それが峠越えの楽しみでもあった。

しかし左京大夫宗明の駕籠脇に供奉している三名の侍は向かい風にも顔を伏せることなく、前方を行く供先はむろんのこと、左右の原生林にまできびしい警戒の目を怠らなかった。駕籠脇の警護についているのは藤枝重蔵、神谷平蔵、矢部伝八郎の三名であった。

昨年暮れ、胡桃平の館で幽斎が病いのため急逝したと伝えられたが、草の者の探索によると、事実は物狂いした百目鬼兵馬によって斬り殺されたことが判明した。このとき兵馬は館にいた侍女ふたりと家士七人を斬って行方をくらましたという。

唯一の庇護者だった幽斎を斬殺したのは、いまや厄介者となった兵馬を、幽斎が見放そうとしたからだろう。

頼るべき所を失った兵馬のような男が、この先、平穏無事な暮らしなどもとめるはずはない。兵馬の遺恨の原点は磐根藩そのものにある。

だとすれば兵馬が最期の死に場所をもとめ、左京大夫宗明襲撃を企むにちがいないというのが、平蔵と藤枝重蔵がたどりついた結論だった。

下屋敷の伊之介を狙うという予想もないではなかったが、伊之介を亡きものにしたところで磐根藩がくつがえるわけではない。藩主である左京大夫宗明を斬殺すれば、伊之介の将軍拝謁がすんでいない磐根藩が取り潰されるのは必定である。

執鬼となった兵馬は磐根藩との抱き合い心中を狙い、宗明襲撃に的をしぼってくるだろう。そこで桑山佐十郎は若君警護のため下屋敷に三十名の手練れを配置し、出府する宗明の駕籠脇警護を藤枝重蔵と神谷平蔵に懇望したのである。

それを知った伝八郎はみずから加勢を買って出た。

友が危地におもむくというのに知らぬ顔をしていては武士の面目がたたん、という言い分だったが、小枝のことで意気消沈していた伝八郎にしてみれば、憂さ晴らしという気持ちが多分に働いていたのだろう。平蔵にとっても伝八郎ほど頼りになる相棒はいない。黙って伝八郎の申し出をうけ、佐十郎に伝えたところ、こっちから頼みたいぐらいのものだと一も二もなく了承してくれた。

井手甚内も同行を望んだが、ひとり者の平蔵や伝八郎とちがい、甚内には妻子がいる。道場主が留守にしては立ち行かなくなると説得し、思いとどまらせた。

藤枝重蔵は万全を期し、駕籠の前後に門下の高弟を供奉させた。

昨年暮れに磐根入りした平蔵と伝八郎は、連日、藤枝道場で汗を流し、兵馬との決闘に備え、鍛えてきた。

供先が峠の頂きまで二町ほど（二百メートルあまり）手前にさしかかったときである。

左手の原生林のなかから数人の曲者が忽然と湧き出し、供揃えの後方に斬りこんできた。いずれも黒ぐろと日焼けした屈強の男たちである。

供侍は磐根城下を発つ前、桑山佐十郎から、国境の不知火峠を越えるまでは刀の柄袋を外しておくようにと命じられていたが、真剣を抜いての修羅場に遭遇したことなどなく、たちまち数人の曲者に斬りたてられた。

「平蔵！　ここは、おれにまかせておけっ」

伝八郎が袴の股立ちをとって駆け出した。

駕籠の前後を固めていた藤枝道場の門下も加勢に向かおうとしたが、

「お駕籠の側を離れてはならぬ」

重蔵が鋭く叱咤して押しとどめた。

上背のある伝八郎の剛剣が曲者の剣をびしびしと撥ね飛ばしている。

「おうりゃ！」

ドスのきいた伝八郎の気合いが、曲者を圧倒しはじめたとき、今度は右手の木立の中から別の一団が疾風のように躍り出し、駕籠に向かって殺到してきた。

曲者のなかには短槍を手にしている者もいた。

「駕籠脇を固めよ！　ひとりたりともお駕籠に近づけるな」

藤枝重蔵は駕籠の右脇に仁王のごとく立ちはだかった。

供奉頭をつとめていた桑山佐十郎も馬から飛びおり、駕籠脇を固めた。佐十郎も若いころは藤枝道場の高足で鳴らした男である。

警護を突破し駕籠に肉薄してきた曲者を、藤枝重蔵が一撃で斬り倒した。髪に白いものがまじりかけているが、重蔵の剛剣はいささかも衰えていないと平蔵が舌を巻いたときである。供先から叫喚がはじけ、馬蹄の音がひびいた。

峠の頂きから黒鹿毛(くろかげ)の駿馬を走らせてくる異形の武士を見た瞬間、平蔵は駕籠脇を離れ、弾かれたように駆け出した。

馬上から短槍をふるい、供先を薙ぎ倒して突進してくる曲者こそ、まぎれもなく百目鬼兵馬だった。山岡頭巾をかぶった兵馬は、短槍を水車のようにふりまわしながら悪鬼の形相で迫ってきた。

平蔵は走りながら槍持ちの中間(ちゅうげん)の手から長槍をもぎとると、柄袋を外して兵馬の馬に向かって投げた。空を切って飛んだ長槍は口から泡を吹きながら疾駆してきた黒鹿毛の胸に一直線に吸いこまれていった。胸板を貫かれた黒鹿毛が地響きうって転倒する寸前、兵馬は短槍を平蔵めがけて投げ打ちざま、馬上から身を躍らせていた。平蔵は飛来した槍の螻蛄首(けらくび)を刃で撥ね斬った。

刀を八双にかまえた兵馬が風を巻いて平蔵に疾走してきた。頭巾の下の兵馬の双眸は憤怒に血走っている。一気に間合いが詰まり、刃唸りがするような剛剣が襲いかかってきた。避ける間はなかった。平蔵は身をよじりざま兵馬の剣を下からすくいあげた。兵馬の剣がソボロ助広の鎬を削り、鍔元で火花を散らし、鍔がヒビ割れ、腕が痺れた。おそるべき兵馬の膂力だった。

兵馬は脛巾金を合わせたまま巻きこむように刀身を撥ねあげようとした。

凄まじい圧力だったが、平蔵は微動だにしなかった。腰を落とし盤石のかまえで兵馬の刀身を押さえ、兵馬の焦りを待った。押さえる力は巻きこもうとする力に勝る。兵馬の膂力にも限界があった。気息が荒くなった瞬間、兵馬は鍔競りあいを外し、背後に一間あまり跳んだ。うしろざまの跳躍だが、兵馬の態勢は崩れない。

その跳躍力に平蔵は舌を巻いた。さっきも兵馬は疾駆する馬上から飛びおりるなり、苦もなく疾走にうつった。野獣のような跳躍力をもった男だった。

兵馬は青眼に構えたまま、斜面の上から平蔵を威圧しにかかった。平蔵も青眼に構え、下から兵馬を目ですくいあげた。斬撃では高所からの攻撃のほうが有利である。ことに兵馬のように人間離れした跳躍力をもつ者は、さらに有利になる。兵馬が上段からの斬撃に出てくることはたしかだった。

兵馬の鋒がかすかに揺れはじめた。その震動が鋭く、迅くなってきた。

これが陽炎の剣、か！

藤枝重蔵から聞いた言葉が、脳裏を掠めた。

鋒の震動が幻惑を誘う。まさに妖剣だった。

平蔵は上段からの斬撃に備え、静かに剣を左下段に構えた。

目を兵馬の爪先にそそいだ。斬撃にうつる前、爪先が動くのが剣の理（ことわり）というものである。心魂を鎮め、平蔵は茫洋とした眼ざしで兵馬の始動を待った。平蔵の鋒は微動だにしない。

兵馬の双眸に焦りが見えはじめた。すでに配下の曲者は伝八郎と藤枝重蔵に制圧されたらしく、斬撃の響きは聞こえない。そのことが兵馬の心中に焦りをもたらしていた。

長引けば長引くほど不利になるのは自明の理だった。兵馬の全身に気力が漲（みなぎ）ってくるのが、平蔵には手にとるように見えた。

兵馬の足が跳ねた。鋒を上段にふりかぶり、兵馬は軽々と宙を飛んだ。

平蔵の頭上を跳び越え、刃唸りする剛剣を振りおろしてきた。

平蔵は身を沈めざま、下段から兵馬の足を薙ぎはらった。飛翔する兵馬の脛にソボロ助広が嚙みついた。刀刃が骨を断ち斬った重い手応えがあった。斬り落とした足首が宙に舞い、噴出した血しぶきが、平蔵の頭上に降りそそいだ。

兵馬の躰が宙でぐらりと傾いで、そのまま路上にたたきつけられた。

足首を失った兵馬の躰が路上で二度、三度撥ね、そのまま動かなくなった。

長槍を手にした足軽が殺到し、兵馬を串刺しにした。

平蔵は大きく肩で息をつくと、兵馬の死体に歩み寄り、止め(とど)を刺した。

「みごとだったぞ、神谷。佐治先生直伝の捨身刀(しゃしんとう)！　惚れ惚れしたわ」

ふたりの対決を見守っていた藤枝重蔵が、晴れ晴れした顔を笑みくずした。

平蔵は懐紙で刃の血を拭い、兵馬の袂(たもと)に隠(かく)し止(と)めの懐紙をさしいれた。

山岡頭巾をはぎ取り、兵馬の素顔をあらためた。頬に凄まじい刀痕があった。

刀痕が兵馬の異相を、悪相に変えていた。

近づいてきた伝八郎がぼそりとつぶやいた。

「どうやら、兵馬が連れてきた輩(やから)は黒脛巾の残党ではなかったようだぞ」

「うむ。きゃつらの日焼け面からみて、おそらく安房屋の抜け荷船に乗り組んでいた用心棒どもだろう。金さえもらえば、どんなことでもする荒くれどもだ」

駕籠脇から桑山佐十郎が駆けてきた。

「殿が貴公らを、お呼びになっておられる」

左京大夫宗明は駕籠をおりて平蔵たちのほうを見ていた。

刀を鞘に収め、伝八郎をうながし、宗明のほうに歩み寄った。

「神谷。去年についで二度も余の窮地を救ってくれた。礼を言うぞ」

「はっ……」

「矢部どのも直参の身でありながら、磐根藩の窮地を助けてくれたこと、宗明終生忘れはいたさぬ」

「ははっ」

「どうじゃ、神谷。いま一度、磐根にもどってくれぬか。藩医ではなく士分として取り立てたい。禄高は望みのままにあたえるぞ」

「いえ、その儀ばかりは……」

「城勤めは性にあわぬと申すか」

「恐れいります」

「よいよい、武家というのは窮屈なものじゃ。その心情、余にもわからぬでもない。ならば、なんぞ望みはないか、申してみよ」

ちらっと縫のことが脳裏を掠(かす)めたが、すぐに振りはらった。

「殿……」

かたわらから桑山佐十郎が口をはさんだ。

「神谷は医業のかたわら江戸小網町に剣道場をひらいております。江戸詰めの者を通わせましたら、いざというとき、ものの役に立つ者も出て参ると存じますが」

「おお、よう言うた。江戸定府(じょうふ)の者はとかく軟弱に染まりやすい。早速、上府の重役どもに申しつけよう」

「ははっ」

佐十郎はちらと横目を平蔵にくれ、これでどうだという顔をした。伝八郎の顔も笑みくずれている。たまには佐十郎も気の利いたことを言う。

平蔵は磐根藩江戸定府の家士の数を胸算用してみた。

藩主のお声がかりとあれば、すくなくとも二十人、いや三十人ぐらいは門弟がふえそうだ。そうなれば伝八郎もあくせくすることなく道場の師範代で食い扶持ぐらいは稼げそうだし、うまくいけば婿に行かずとも好きな女を嫁にもらって食わせるぐらいのことはできる。さらに欲張れば、井手甚内も寺子屋の稼ぎをあてにしなくてもすむかも知れない。

六

休業の瓢簞をつるし、長屋を留守にしてから、どれくらい家を空けていたかなと平蔵はいささか面映ゆい思いで、弥左衛門店の木戸をくぐった。

「あらっ、ぶらりの旦那……」

水道桝で大股踏んばって洗濯に大童になっていた隣のおよしが目をまんまるにして素っ頓狂な声を張りあげた。

「ちょいと！　どこ、ほっついてたんですよぅ」

その声に誘われて長屋の女房たちがつぎつぎに飛び出してきた。

「あれ、まぁ……よく迷子にならなかったもんですねぇ、せんせい」

「ほんと、所帯もちだったら、とっくに女房に逃げられてるとこですよ」

言うことは手きびしいが、どの顔も笑みくずれている。

「いや、すまん、すまん。ちくと野暮用でな。遠出しておったのだ」

「なんだか怪しいもんだわねぇ」

「おおかた、いい女をめっけて草津の湯で鼻の下のばしてたんでしょう」

どうも言うことが、すぐに下がかる。

そうそうに手ぬぐいをぶらさげ、ひとっ風呂浴びに銭湯に行った。

湯船につかりながら、磐根での日々をふりかえった。

希和にも会い、一夜を語り明かしたが、希和は草の者の頭領として生涯をひとり身ですごす覚悟をきめていた。

また桑山佐十郎によると、縫は伊之介の乳人として禄高二百石を賜り、ゆくゆくは婿をとるか、養子をもらい、亡夫古賀伊十郎の跡目を継がせることになるだろうということだった。

希和にとっても、縫にとっても、それが、もっともよいことだろう。

睦言をかわしているときの男と女は、交尾をもとめて身を焦がす螢のようなものだ。情念の火はいつかは燃えつきる。

そして、男は……。

年老いても、なお性懲りもなく、若い日の焼けつくような熱い情念を捨てきれずに終生さまよう、らちもない生き物なのだろう。

それでよいではないか……。

さっぱりと磐根の垢を洗い落として家にもどってみると、上がり框に布巾をかぶせた皿鉢がおいてあった。

すぐに、お品の差し入れだとわかった。帰宅の途中、お品の父親の治平爺さんと表通りで会ったからである。

早速、粥ずしを指ですくって口にいれてみた。芳醇な、ほどのよい甘酸っぱさが口いっぱいにひろがる。

それは、まぎれもない、お品の味だった。

（ぶらり平蔵　魔刃疾る　了）

コスミック・時代文庫

ぶらり平蔵
決定版②魔刃疾る

2021年12月25日　初版発行
2024年 7 月 6 日　3刷発行

【著 者】
吉岡道夫

【発行者】
佐藤広野

【発 行】
株式会社コスミック出版
〒154-0002 東京都世田谷区下馬 6-15-4
代表　TEL.03(5432)7081
営業　TEL.03(5432)7084
　　　FAX.03(5432)7088
編集　TEL.03(5432)7086
　　　FAX.03(5432)7090

【ホームページ】
https://www.cosmicpub.com/

【振替口座】
00110-8-611382

【印刷／製本】
中央精版印刷株式会社

ISBN978-4-7747-6336-1 C0193